大林和小林

張天翼　著

張天翼（一九〇六年—一九八五年）

湖南湘鄉人。現代小說家、兒童文學作家。一九三八年發表短篇小說《華威先生》。曾任《人民文學》主編等職。作品多以嘲諷筆調，文筆活潑新鮮，風格辛辣。著有短篇小說《包氏父子》及兒童文學作品《大林和小林》《羅文應的故事》《寶葫蘆的祕密》《禿禿大王》等。

總序一

兒童文學的歷史與記憶

林文寶

大陸海豚出版社所出版之中國兒童文學經典懷舊系列，要在臺灣出版繁體版，這是臺灣兒童文學界的大事。該套書是蔣風先生策劃主編，其實就是上個世紀二、三十年代的作家與作品，絕大部分的作家與作品皆已是陌生的路人。因此，說是經典有失嚴肅；至於懷舊，或許正是這套書當時出版的意義所在。如今在臺灣印行繁體版，其意義又何在？

考查各國兒童文學的源頭，一般來說有三：

一、口傳文學

二、古代典籍

三、啟蒙教材

而臺灣似乎不只這三個源頭，綜觀臺灣近代的歷史，先後歷經荷蘭人佔據三十八年（一六二四—一六六二），西班牙局部佔領十六年（一六二六—

一六四二），明鄭二十二年（一六六一—一六八三），清朝治理二〇〇餘年（一六八三—一八九五），以及日本佔據五十年（一八九五—一九四五）。其間，相當長時間是處於被殖民的地位。因此，除了漢人移民文化外，尚有殖民者文化的滲入；尤其以日治時期的殖民文化影響最為顯著，荷蘭次之，西班牙最少，是以臺灣的文化在一九四五年以前是以漢人與原住民文化為主，殖民文化為輔的文化形態。

一九四五年十月二十五日國民黨接收臺灣後，大陸人來臺，注入文化的熱血液。接著一九四九年十二月七日國民黨政府遷都臺北，更是湧進大量的大陸人口。而後兩岸進入完全隔離的型態，直至一九八七年十一月臺灣戒嚴令廢除，兩岸開始有了交流與互動。一九八九年八月十一至二十三日「大陸兒童文學研究會」成員七人，於合肥、上海與北京進行交流，這是所謂的「破冰之旅」，正式開啟兩岸兒童文學交流歷史的一頁。

其實，兩岸或說同文，但其間隔離至少有百年之久，且由於種種政治因素，目前兩岸又處於零互動的階段。而後「發現臺灣」已然成為主流與事實。

因此，所謂臺灣兒童文學的源頭或資源，除前述各國兒童文學的三個源頭，又有受日本、西方歐美與中國的影響。而所謂三個源頭主要是以漢人文化為主，其實也就是傳統的中國文化。

臺灣兒童文學的起點，無論是一九〇七年（明治四〇年），或是一九一二年（明治四十五年／大正元年），雖然時間在日治時期，但無疑臺灣的兒童文學是屬於華文世界兒童文學的一支，它與中國漢人文化是有血緣近親的關係。因此，了解中國上個世紀新時代繁華盛世的兒童文學，是一種必然尋根之旅。

本套書是以懷舊和研究為先，因此增補了原書出版的年代（含年、月）、出版地以及作者簡介等資料。期待能補足你對華文世界兒童文學的歷史與記憶。

林文寶，現任臺東大學榮譽教授，曾任臺東大學人文文學院院長、兒童文學研究所創所所長、亞洲兒童文學學會臺灣會長等。獲得第三屆五四兒童文學教育獎，中國文藝協會文藝獎章（兒童文學獎），信誼特殊貢獻獎等獎肯定。

總序二

原貌重現中國兒童文學作品

蔣風

今年年初的一天，我的年輕朋友梅杰給我打來電話，他代表海豚出版社邀請我為他策劃的一套中國兒童文學經典懷舊系列擔任主編，也許他認為我一輩子與中國兒童文學結緣，且大半輩子從事中國兒童文學教學與研究工作，對這一領域比較熟悉，了解較多，有利於全套書系經典作品的斟酌與取捨。

一開始我也感到有點突然，但畢竟自己從童年開始，就是讀《稻草人》《寄小讀者》《大林和小林》等初版本長大的。後又因教學和研究工作需要，幾乎一而再、再而三與這些兒童文學經典作品為伴，並反復閱讀。很快地，我的懷舊之情油然而生，便欣然允諾。

近幾個月來，我不斷地思考著哪些作品稱得上是中國兒童文學的經典？哪幾種是值得我們懷念的版本？一方面經常與出版社電話商討，一方面又翻找自己珍藏的舊書。同時還思考著出版這套書系的當代價值和意義。

中國兒童文學的歷史源遠流長，卻長期處於一種「不自覺」的蒙昧狀態。而清末宣統年間孫毓修主編的「童話叢刊」中的《無貓國》的出版，可算是「覺醒」的一個信號，至今已經走過整整一百年了。即便從中國出現「兒童文學」這個名詞後，葉聖陶的《稻草人》出版算起，也將近一個世紀了。在這段不長的時間裡，中國兒童文學不斷地成長，漸漸走向成熟。其中有些作品經久不衰，而一些作品卻在歷史的進程中消失了蹤影。然而，真正經典的作品，應該永遠活在眾多讀者的心底，並不時在讀者的腦海裡泛起她的倩影。

當我們站在新世紀初葉的門檻上，常常會在心底提出疑問：在這一百多年的時間裡，中國到底積澱了多少兒童文學經典名著？如今的我們又如何能夠重溫這些經典呢？

在市場經濟高度繁榮的今天，環顧當下圖書出版市場，能夠隨處找到這些經典名著各式各樣的新版本。遺憾的是，我們很難從中感受到當初那種閱讀經典作品時的新奇感、愉悅感、崇敬感。因為市面上的新版本，大都是美繪本、青少版、刪節版，甚至是粗糙的改寫本或編寫本。不少編輯和編者輕率地刪改了原作的字詞、標點，配上了與經典名著不甚協調的插圖。我想，真正的經典版本，從內容到形式都應該是精致的、典雅的，書中每個角落透露出來的氣息，都要與作品內在的美感、精神、品質相一致。於是，我繼續往前回想，記憶起那些經典名著的初版本，或者其他的老版本——我的心不禁微微一震，那裡才有我需要的閱讀感覺。

在很長的一段時間裡，我也渴望著這些中國兒童文學舊經典，能夠以它們原來的面貌重現於今天的讀者面前。至少，新的版本能夠讓讀者記憶起它們初始的樣子。此外，還有許多已經沉睡在某家圖書館或某個民間藏書家手裡的舊版本，我也希望它們能夠以原來的樣子再度展現自己。我想這恐怕也就是出版者推出這套書系的初衷。

也許有人會懷疑這種懷舊感情的意義。其實，懷舊是人類普遍存在的情感。它是一種自古迄今，不分中外都有的文化現象，反映了人類作為個體，在漫長的人生旅途上，需要回首自己走過的路，讓一行行的腳印在腦海深處復活。

懷舊，不是心靈無助的漂泊；懷舊也不是心理病態的表徵。懷舊，能夠使我們憧憬理想的價值；懷舊，可以讓我們明白追求的意義；懷舊，也促使我們理解生命的真諦。它既可讓人獲得心靈的慰藉，也能從中獲得精神力量。因此，我認為出版本書系，也是另一種形式的文化積澱。

懷舊不僅是一種文化積澱，它更為我們提供了一種經過時間發酵釀造而成的文化營養。它為認識、評價當前兒童文學創作、出版、研究提供了一份有價值的參照系統，體現了我們對它們批判性的繼承和發揚，同時還為繁榮我國兒童文學事業提供了一個座標、方向，從而順利找到超越以往的新路。這是本書系出版的根本旨意的基點。

這套書經過長時間的籌畫、準備，將要出版了。

我們出版這樣一個書系，不是炒冷飯，而是迎接一個新的挑戰。

我們的汗水不會白灑，這項勞動是有意義的。

我們是嚮往未來的，我們正在走向未來。

我們堅信自己是懷著崇高的信念，追求中國兒童文學更崇高的明天的。

二〇一一年三月二〇日
於中國兒童文學研究中心

蔣風，一九二五年生，浙江金華人。亞洲兒童文學學會共同會長、中國兒童文學學科創始人、中國國際兒童文學館館長。曾任浙江師範大學校長。著有《中國兒童文學講話》《兒童文學叢談》《兒童文學概論》《蔣風文壇回憶錄》等。二〇一一年，榮獲國際格林獎，是中國迄今為止唯一的獲得者。

目錄

第一章　出門遇險

從前有一個很窮很窮的農人，和他的妻子住在鄉下。他們都很老了，老得連他們自己都說不上有多大歲數了。有一天，他們忽然生了兩個兒子。這個老農人非常快活，叫道：

「我們有了兒子了！我真想不到這麼大年紀還生兒子。」

他妻子也很高興。她說：

「我們一定得給他們取兩個好名字。」

取個什麼名字呢？老頭兒可沒了主意。他想，翻《學生字典》罷，翻到什麼字就取什麼。

一，二，三！一翻，是個「菜」字。大的叫「大菜」，小的叫「小菜」麼？

「哼，我們飯都吃不上，還『菜』呢！」老頭自言自語。

第二次翻，是個「肥」字，也不合適。

翻來翻去總找不到適當的字。這老頭兒就這麼翻了一晚。到快天亮的時候，這老頭拿著鋤頭走出門去。外面太陽照著樹林，這老頭兒高興地叫：

「好了，就取個樹林的『林』罷。」

名字就給取定了：大的叫大林，小的——當然叫小林。

過了十年，老農人和他的妻子死了。臨死的時候，他們對大林和小林說：

「家裡什麼也沒有，你們應當到外面去做工。我們死了之後，你們可以把我們抬到後面小山上。山上的烏鴉會來給我們造墳墓。然後你們就帶著應用的東西去找活兒吧。」

大林和小林就把他們父母的屍體抬到了山上。他們剛下山，樹上的烏鴉們忽然一齊飛起來，一面哇哇地叫，一面去銜了土，給這兩位老人堆成了一座墳。

「哥哥，」小林對大林說，「我們快去收拾東西吧。我們早點出門去。」

他們回了家，把一小袋米背到背上，又拿一個麻布袋子，把他們的破衣裳，粗飯碗，都裝到了袋裡，他們這就出了門。

大林說：

「向哪裡去呢？」

他們想起沒有媽和爸了，又不知道要走哪條路好。他們都坐在地上哭起來。

四面是山，是田，是樹，都是別人的。

他們不知道要在哪裡落腳。他們怎麼辦呢？天也晚了。太陽躲到山後面睡覺去了。月亮帶著星星出來向他們眨眼。

大林和小林還哭著。哭呀哭的，太陽睡了一覺醒來了，又從東邊笑眯眯地爬出來。

小林揩揩眼淚說：

「你還哭不哭？我想不哭了。」

「好，我也懶得哭了。走吧。」

兩個人都認不得路。他們只是向前面走著。走了許多時候，他們帶著的一點兒米已經吃完了。

「東西都吃完了，怎麼辦呢？」大林說。

「我們休息會兒，再找東西吃。好不好？」

他們於是在一座黑土山下面坐下來。

大林看看口袋，嘆了一口氣：

「我將來一定要當個有錢人。有錢人吃得好，穿得好，又不用做事情。」

小林反對道：

「嗯，爸爸說的：『一個人總得幹活。』」

「因為爸爸是窮人呀。財主老爺就不用幹活。爸爸說的：『你看有田有地的可多好！』」

「媽媽和爸爸都是窮人，媽媽和爸爸都是好人。可不像財主老爺。」

「可是，有錢人才快活呢，」大林大聲說。「窮人一點也不快活，窮人要做工，要……」

突然有個很大很大的聲音，像打雷似的叫起來：

「要什麼？要吃掉你們！」

大林和小林嚇得摔了一跤。他們的口袋也嚇得發了一陣抖。

是誰說話呀？

沒有一個人。

兄弟倆彼此抱了起來，臉上的汗淌得像下雨似的，四條腿兒打著戰。他們四面看看，可是什麼也沒看見。

大林問：

「究竟是誰說話？」

「不知道呀。」

可是過了會兒他們就知道了。過了會兒，他們跟前的黑山

忽然動了起來……

「地震！快逃！」小林叫。

兩個人剛要跑，那座山動呀動的陡地站了起來！

啊呀，是個怪物！——人不像人，獸不像獸。

這個怪物原來在這裡睡覺。他們還以為他是一座黑山呢。怪物現在站直了，眼睛像一面鑼那麼大，發著綠光，他伸出他那長著草的手來抓大林和小林。他要吃他們！

真不幸，大林和小林一定會給怪物吃掉了！

大林想道：

「我們媽和爸都沒有了，糧食也吃完了。又沒田地又沒錢，什麼都沒有。就讓怪物吃了吧！」

小林可非常著急。他想逃是逃不掉的。因為怪物手長，你即使跑了很遠很遠的路——比如說，三里吧，他也能一手抓到你。

怪物知道有東西吃了，他笑著看著大林和小林。小林問：

「一定得吃我們麼？」

「不吃你們也可以，可是你們得送我幾件珠寶。」

「什麼珠寶？我們看都沒看見過。」

「哈哈哈，那對不起了！」

小林低聲對大林的耳朵說：

「我們逃吧。」

「他追得上呢。」

「那麼我們分兩頭跑吧。他準一個也追不上。」

一，二，三！大林向東跑，小林向西跑。

怪物要追大林，又想要抓住小林。東跑幾步，西跑幾步，就一個也沒追著。

大林和小林都逃掉了，只有麻袋還丟在地上。怪物實在餓了，就拾起麻袋吃了下去。可是嘴太大，麻袋太小，麻袋給塞住在牙齒縫裡。他拔起一棵大松樹來當牙籤，好容易才剔出來。

他想：還是再睡吧。

月亮已經出來了。月亮像眉毛似的彎彎的。

怪物伸個懶腰，手一舉，碰在月亮尖角上，戳破了皮。他狠狠地吐了口唾沫：

「呸，今天運氣真不好！」

第二章　國王的法律

小林一口氣跑了二十里路，跑進了一個山谷裡。他回頭一看，怪物沒追上他，他才停下來。喘氣喘得要命。他叫：

「哥哥！哥哥！」

可是他馬上記起，哥哥是和他分兩個方向跑的。現在哥哥不知道跑到了哪裡。他抹抹眼淚，打算要哭，可是太疲倦。他就在草地上躺下來，呼嚕呼嚕地睡著了。

月亮出來了。小林眼角上掛著的淚珠閃閃地發光。

小林睡了兩個鐘頭，就有兩個紳士走過他面前。

一個紳士是狗，叫做皮皮。那一個是狐狸，叫做平平。他們倆都穿得很講究，平平戴著的那頂帽子尤其漂亮，好像是銀子打的。

皮皮對平平說：

「今天我運氣可好呢。今天我撿到了一口皮箱。」

「皮箱裡有些什麼？」平平問。

「你再也猜不到：皮箱裡是滿滿一箱子蒼蠅。」

「撿到一箱子蒼蠅，似乎也不算什麼。」平平說。平平是個很有學問的紳士。

皮皮叫道：

「那麼平平先生，你說要撿到什麼東西才算稀罕呢？」

「依我看來，頂好能撿到一個人。」

「這也不難，我準有這個好運道。」

他們談著談著，就走到了小林身邊。

皮皮一看見小林，就高興得跳起來，

叫道：

「平平先生，平平先生！我說過，我一定能撿到一個人。哈哈，果然！你瞧瞧！」

平平搔搔腮巴，羨慕地看著皮皮。

皮皮的力氣可真大，只把小林的衣領一提，就把小林提了起來。

「平平先生，你看這個人值幾個錢一斤？」

小林還沒有睡醒，咕嚕著：

「我還要睡呢。你們哇啦哇啦吵什麼？」

皮皮大笑起來：

「什麼，你說我們吵醒你麼？哈哈哈，我撿起你來了，你就是我的東西了！」

小林吃了一驚，完全醒過來了。啊呀不對，又是不幸的事！

「什麼，我好好地睡覺，關你什麼事呀？」

「不管三七二十一，你是我撿起來的。」皮皮說。

「你撿起了我，我就是你的東西了麼？」

「當然。你不信，你問他。」皮皮指指平平。

平平對小林鞠個躬，把他的耳朵一直鞠到地下，雪白的耳朵上粘上了許多黃土。他說：

「這個世界上的確有這麼一個規矩：誰拾到了什麼東西，這東西就是他的。皮皮先生既然拾起了你，你就不可否認地是皮皮先生的東西了。」

小林揉揉眼睛，瞧瞧皮皮，又瞧瞧平平，說道：

「我可不相信世界上有這麼一個規矩！」

皮皮說：

「你不相信也沒有辦法，我們的法律是這麼規定的。我既然拾起了你，你就歸我。要不然，你出一千塊金磚給我，我可以放你自由。」

小林用力地掙扎著。可是什麼用也沒有。皮皮的力氣很大，使勁地抓住小林不放。

小林嚷開了：

「我不是你的！我也沒金磚給你！我不相信有這樣的法律，我不服！」

「我和你去問問人，看有這個法律沒有。好不好？」皮皮問。

「行！我和你去問國王！」

「好，我們走吧。」
他們開步走。皮皮還是抓住小林。小林說道：
「皮皮先生，你抓著我走，我真謝謝你。我正感到很疲倦呢，叫我自己走可走不動。」
皮皮雖然力氣大，可提著小林走幾里路，手也提酸了，他只好抓得輕一點。
小林恭敬地說：
「皮皮先生，你提不動了？我自己走吧。」
「好吧。」
等皮皮手一放，小林就飛跑了。
平平大吃一驚，耳朵豎了起來，帽子就朝天飛去，一直飛到天上，掛在月亮的角尖上了。他急得哭起來。
「啊呀，我的帽子！」
他的好朋友皮皮沒有工夫去管別人的帽子。皮皮只是想要抓住小林，他就拼命追。皮皮跑得比小林還快，因為他本來是獵狗出身。果然，皮皮先生的手離小林只有一尺遠了。

真糟糕！皮皮先生的手又向小林靠近，現在只有五寸遠了。

「小林，快呀，快快跑呀！」小林對自己打氣。

可是皮皮先生的手離小林只有一寸遠了！

天上的月亮也跟著小林跑，尖角上掛著平平的高帽子，被風吹得搖晃晃的。

最後，皮皮的手搭在小林的肩上了。皮皮先生一把抓住了小林。

小林就說：

「算你跑第一吧。」

「小林，不管四七二十八，我和你問國王去，究竟你是不是我的東西。」

這位狗紳士把小林拖回來。

那個掛著銀色帽子的月亮也跟了回來。

平平還哭著，張大了紅眼看月亮角上的帽子，他說：

「怎麼辦呢？」

皮皮不耐煩地說：

「哭什麼！等到月亮圓起來，就掛不住帽子了。你就再等半個月不就得了麼？」

平平哭喪著臉：

「好，那麼再見吧，你們先走。我在這兒等著。」

皮皮和小林於是向京城走去。兩個鐘頭之後，他們到了京城門口。

皮皮敲城門。

「開城門，開城門！」他叫。

那位國王正要睡下，聽見敲城門，就皺起眉毛來：

「這麼半夜還來敲門！誰呀？」

「我！」

國王沒有法子，只好起來開城門。國王年紀很老了，很長很長的白鬍子拖到了地上，走路走得一不留心，他就會絆住自己的鬍子摔跤。這時候國王手裡拿一支蠟燭，慢慢地走到城門口，拍躂就摔了一跤，蠟燭也熄了。

「哎喲！」國王哭起來。

皮皮等得不耐煩，叫道：

「嘖嘖！你這個國王！為什麼還不來開門呀？」

「好，就來就來，等我把蠟燭點上。唉，真麻煩！」

一小時以後，國王開了城門。

「什麼事？」國王問。

皮皮對國王鞠了一個躬說道……

不對，我說錯了！原來皮皮先生還沒有開口，小林就搶著說了，他說得很快，他說：

「我在地上睡覺。後來這個皮皮先生來了。後來這皮皮拾起了我。後來皮皮先生說我是他的東西。後來我不服。後來我們來問你這個國王。」

「後來呢？」國王問。

「後來敲城門。後來你這個國王摔了一跤。後來你這個國王哭了。」

國王臉紅起來：

「我可沒有哭！」

皮皮又鞠了一個躬：

「國王您說，皮皮拾得了小林，小林就是皮皮的東西了，法律上不是有規定的麼？」

小林大叫：

「不對！」

「別嚷！」皮皮說，「我們問國王吧。國王，您給我們判一下。」

國王一面把鬍子用手托著，一面說道：

「皮皮的話不錯，小林是皮皮的東西……」

「我可不信！」小林嚷。

「你不信也不行。」

國王於是從口袋裡拿出一本法律書來，放到蠟燭下翻著，翻了老半天翻出來了。國王道：

「小林，這是我們的法律書，你看：『法律第三萬八千八百六十四條：皮皮如果在地上拾得小林，小林即為皮皮所有。』」

有什麼法子呢，國王的法律書上規定的呀。

皮皮問小林：

「怎麼樣？」

「好，跟你走吧。」

可是小林非常恨國王。小林說：

「你這個國王一定哭過了。」

「不怕羞。

一個紅鼻頭。

一條牛。

一條狗。

一缸油。」

皮皮搖搖頭：

「這一首詩可不大高明。」他又向國王鞠躬：

「國王，謝謝您。」

皮皮這就把小林拖走了。國王剛要關城門，忽然想起一件事，叫住了皮皮：

「皮皮，你們要是遇見了餛飩擔子，就叫他挑到我這兒來，我要吃餛飩。」

「是。」

「要是沒有餛飩擔子，賣油炸臭豆腐的也行。」

「是。」

「皮皮，你要是遇見了那些擔子，你先給我付了錢吧。」

「是。」

第三章 拍賣

月亮帶著平平的帽子向西走下去，太陽從東邊吐出紅光來，紅裡面帶著金色，照著樹林美麗極了。

皮皮和小林走到了一座城裡。

小林問：

「你要帶我到什麼地方去？」

「帶到我的店裡。」

「給你做工麼？」

「你別問。你既然是我的，我叫你怎麼著你就怎麼著。」

小林想道：

「媽媽爸爸都死了，哥哥也不知道跑到了什麼地方，我又變成了皮皮先生的東西。嚇，真糟糕！」

想著想著，小林非常傷心起來。

他們走到了街上，皮皮就叫：

「馬車！」

一輛馬車飛跑了過來。皮皮拉著小林上了車，皮皮自己也坐上去，對馬車夫說道：

「回去！」

馬車就開走了。小林很疲倦，閉上眼睛，一會兒就睡著了。他夢見媽媽和爸爸坐在他旁邊，大林拿糖給他吃。小林笑了起來，一把拉住大林：

「哥哥！」

「怎麼叫我哥哥？」

小林糊塗起來，說道：

「怎麼？你不認識小林了麼？」

他更使勁地拽住大林。大林推開了他：

「好好地睡吧，拽住我做什麼！」

小林可就醒來了，原來小林拽住的是一個狗紳士。小林還是什麼都沒有。小林是做了一個夢。於是他哇地哭了起來。

那位紳士又把小林拖下馬車：

「別哭了，已經到了。」

這是一條非常熱鬧非常熱鬧的街，街兩旁都是極講究的店鋪。

皮皮把小林帶到了一家最大的店裡。這家店的招牌是：「皮皮商店」。門口畫了一個很大很大的狗頭，頭上帶著發光的黑帽子，領上有一個美麗的領結。

他們倆走進店去，店裡的人都對皮皮鞠躬。店裡的經理叫做鱷魚小姐。她長著一雙小眼睛，一張大嘴。她的皮膚又黑又粗又硬，頭髮像鋼針一樣。這位鱷魚小姐總以為自己很漂亮。她預備將來跟世界上頂美麗的王子結婚。她每天要在臉上拍四百八十次粉，燙兩回頭髮。她腳上穿著頂貴的絲襪和跳舞鞋，可是腿很短。

鱷魚小姐一看見皮皮回來，就趕快拿出一面像月亮那麼大小的圓鏡子，對著鏡子在臉上拍粉，然後跑到皮皮先生身邊來：

「皮皮先生，您辦好了貨了麼？辦了些什麼貨？」

皮皮從口袋裡掏出一個箱子來，說道：

「這是一箱蒼蠅。」又指指小林說，「哪，還有一個小林。」

鱷魚小姐就拿一張紙寫著：

蒼蠅一箱。

小林一個。

這位小姐把小林帶到裡面去，把小林關在一間很大的貨倉裡。

這倉裡堆滿了貨，什麼都有。有貓，有手巾，有糖，有小林，有鏡子，有雞蛋，有鉛筆，還有許多許多用的吃的東西。

小林在貨倉裡住了三天。每天要吃飯的時候，鱷魚小姐就帶他出來吃飯，飯後又帶他到花園裡散步。

有一天吃過午飯，鱷魚小姐帶小林到花園裡去的時候，看見一個少年男子在門口走過。鱷魚小姐忽然放下小林，去追那個少年。那個少年可沒命地逃跑了。鱷魚小姐沒追上，一個人跑回來，哭了一場。

「你為什麼追他？」小林問。

鱷魚小姐說：

「我愛他呀。可是他不愛我。他本來在皮皮商店辦事的，他怕我愛他，怕得哭鼻子，哭了一個星期，就逃走了。我追不上他。今天我又沒追上他。」

說了又哇地哭起來。哭完了就把小林帶回貨倉。

到第五天，他們把小林裝進一隻桶裡。這個桶裡除了小林之外，還有一瓶墨水，一盒火柴，一片餅乾，一張畫片，一個鐵球。於是他們把這桶子抬到了一個大院子裡。院子裡一排一排的放著幾千幾萬個桶，都是貨物。

「幹什麼呀？」小林問。

「要把你賣掉。」皮皮說。

「好，謝謝你。」

下午三點鐘，鱷魚小姐把鈴子搖起來，就有許多人到這院子裡來了。他們都是來買東西的，擠來擠去地坐在椅子上。

皮皮對他們叫道：

「各位！現在皮皮商店要拍賣這許多貨。貨色都是最上等的。喂，注意！現在要賣第一桶了。第一桶裡，有小林一隻，墨水一瓶，火柴一盒，餅乾一片，畫片一張，鐵球一個，都是好貨色。看各位肯出什麼價錢。」

買東西的人就哇啦哇啦叫起來。

「我出一分錢！」

「我出兩分錢！」

「十個銅子！」

「十二個！」

「五分錢！」

「六分！」

「六分半！」

「六分七厘五！」

「七分！」

有一個滿臉絡鬍子的男子站起來說：

「我出一毛錢，一毛錢！」

皮皮先生叫道：

「好了，賣給你。小林，你以後是這位四四格先生的東西了。」

原來這個綠鬍子叫做四四格。

鱷魚小姐走來對小林說：

「再會呀，小林。小林別忘了我呀。」

「我才忘不了呢。」

皮皮先生也走來對小林說：

「再會呀，小林。別忘了皮皮呀。」

小林答道：

「我也忘不了。」

四四格先生就把小林一挾，坐上了一輛綠色馬車。

小林問：

「你帶我去做什麼？」

「做工，做工。」

「做什麼工？」

「什麼工都要，都要做。」
「給錢麼？」
「不給，不給。」
過了一會兒，小林又問：
「你說起話來，為什麼一句話要說兩遍？」
四四格摸摸絲鬍子，答道：
「因為我的鼻孔太大了，太大了。說起話來鼻孔裡就有回聲，有回聲。」

第四章 足刑

他們坐的馬車停下來了。

四四格也開著一家很大的公司，比皮皮商店還要大。門口有一塊半里路長的招牌。

咕嚕公司：咕嚕公司

本公司專製各種珠寶，珠寶，

珠子，玉，金銀，還有金剛鑽，金剛鑽！

都好極了，好極了！真好，真好！

「你瞧見了這招牌沒有，牌沒有？」四四格問小林。

「瞧見了。」

「對了，對了。那你就得在我公司裡做工，裡做工。你如果偷懶我就打你，打你。」

咕嚕公司有八百個女孩和男孩做工，他們都是製造珠子和金子和銀子的。

小林呢，綠鬍子老闆叫他製造金剛鑽。製造金剛鑽的人可少極了，連小林只有三個人。

四四格對小林說：

「你早晨三點鐘起來，替我到廚房裡去把我的早飯拿來，早飯拿來。然後你給我剃鬍子，剃鬍子。然後你去做工，做工。然後休息一秒鐘，一秒鐘。然後再做工，再做工。然後再休息一秒鐘，一秒鐘。然後再做工，再做工。然後到了晚上十二點鐘睡覺，睡覺。然後三點鐘起來，給我到廚房裡去把我的早飯拿來，早飯拿來。然後你給我剃鬍子，剃鬍子……」

小林就忙極了。三點鐘起來，天當然還沒有亮，只有月亮站在窗子外面望著小林。小林就得給四四格拿早飯。四四格早飯要吃五十斤麵，一百個雞蛋，一

頭牛。小林拿這些東西真拿不動。幸得有個朋友幫助他。他朋友叫四喜子，也是一個十歲的小孩子，也是製造金剛鑽的。

等四四格先生吃過了早飯，小林就給四四格剃鬍子。原來四四格的綠鬍子天天要長的。三點半鐘剃了，到四點鐘又長得像昨天一樣長了。四四格告訴小林：

「要是我的鬍子不天天剃，天天剃，恐怕要比全世界還要長呢，長呢。」

給四四格剃了鬍子，小林就去做金剛鑽。小林到四四格的祕密地窖裡，從一個漆黑的地洞拿出一些像泥土一樣的東西來，就放到一個桶裡去攪。攪上三天三夜，流下十幾身汗，就製出一百顆金剛鑽。每一顆金剛鑽可以賣十萬塊錢。四四格當然很闊氣很闊氣的了。

小林雖然這麼苦，可是四四格還常常打他。只要小林看一看別處，打一個呵欠，四四格的鞭子就「啪！」打到背脊上。四四格一天到晚老拿著鞭子。無論誰都得挨打。

有一天，小林很努力，造的金剛鑽比平日多，四四格非常高興，給了小林一個鐵球玩。四四格還說：

「今天你的工作很好，很好。我給你一個鐵球獎勵你，獎勵你。可是你平日做得不好，不好。可見你平日不努力，不努力。你平日為什麼不努力呢，不努力呢？可見你這個人壞，人壞。壞的人是要挨打的，打的。我今天還是要打你的，打你的。」

於是小林又挨了一頓打。

這麼著過了許多日子。如果要把這許多日子的事都說出來，這故事就太長太長了。

現在我們只要翻開小林的日記，就可知道這許多日子裡的事。

星期五。起來拿早飯。後來剃鬍子。後來做工。後來挨打。後來我哭了。後來睡。

星期六。起來拿早飯。後來剃鬍子。後來做工。後來挨打。後來我哭了。後來睡。

星期日。起來拿早飯。後來剃鬍子。後來做工。後來挨打。後來我哭了。後來睡。

星期一。起來拿早飯。後來剃鬍子。後來做工。

後來挨打。後來我哭了。後來睡。

星期二。起來拿早飯。後來剃鬍子。後來做工。

後來挨打。後來我哭了。後來睡。

到了一個月，小林忽然想起了一件事來。小林悄悄地問四喜子：

「為什麼把汗流到泥土裡，就變成金剛鑽呢？」

「我不知道。」四喜子說。

「金剛鑽為什麼這麼貴呢？有什麼用呢？」

「我不知道。」

小林低聲說：

「泥土是我們掘的，汗是我們流的，桶子是我們攪的，那麼我們也可以賣金剛鑽了。」

四喜子想了一想，說道：

「是呀。」

「四四格為什麼可以拿去賣錢呢？」

「我不知道。」

還有一個製造金剛鑽的孩子叫木木。木木說：

「那我們拿去賣罷。」

「同意！」

小林問：

「要是四四格知道了，他會不會打我們？」

四喜子又想了一想，說道：

「我說不會。我們可以對四四格說：『這是我們的東西，我們可以賣掉，你管不著！』」

這天他們三個人都不睡，他們三個人拿了幾顆金剛鑽，溜到了街上。

木木就吆喝著：

「一二三，賣金剛鑽！

一二三，賣金剛鑽！

價錢公道，每顆只要五萬！」

有一位老太太走了過來：

「少一點行不行？」

四喜子說：
「五萬夠便宜的了，奶奶！」
老太太搖頭：
「太貴，太貴。」
老太太就走了。走了幾步，她又打回頭，拿起一顆金剛鑽細細地看了一會，忽然她嚷了起來：
「這是假的！」
小林不服了：
「怎麼是假的！」
「你們是什麼公司的？為什麼沒有商標？」
「這是我們自己造的。」
說呀說的有一個巡警跑過來了。這個巡警有四隻眼睛。巡警一把抓住木木和小林和四喜子：
「你們這批小鬼是不是咕嚕公司裡的？」
「是的。」

巡警把他的四隻眼睛都睜得大大的：

「好，你們竟把咕嚕公司的金剛鑽偷出來賣！跟我走！」

「什麼偷出來賣！這是我們自己造的！」

「不管，跟我走！」

他們三個人正想要逃走，那個巡警已經拿出一根繩子把他們三個綁起來了。

巡警把他們帶到一個官兒面前。這位官兒是個狐狸，是平平的弟弟，叫做包包。包包的臉是黑色的，身子也是黑色的。包包說：

「你們為什麼要偷金剛鑽出來賣？」

「我們沒有偷，這些金剛鑽都是我們自己造的。」

「是呀，我可長得很美麗。所以你們偷了東西，就得罰你們。」

小林大叫道：

「我們剛才說我們沒有偷，是我們自己做出來的！」

包包點點頭道：

「不錯，我已經到御花園去過了，大家都稱讚我美麗。我既然很美麗，所以你們到這裡來了，我就得罰你們。」

小林小聲問四喜子：

「這個官兒說話怎嗎那麼奇怪？」

「我不知道。」

木木問包包：

「你憑什麼罰我們？什麼理由？」

包包又點點頭：

「是呀，我已經吃了兩隻雞，一隻兔子，這麼著就非罰你們不可。並且又因為月亮上掛著的帽子，已經掉到地上來了，所以我要把你們關起來，關一個星期。你們下次不准偷東西！」

四喜子正要說話，那個四眼巡警就把他和小林

和木木抓去了，給關到一個房間裡。
小林說：
「為什麼要把我們關起來？」
四喜子哭了，一面說：
「我不知道。」
這時候，四四格不見了小林和四喜子和木木，他就大發脾氣。四四格手裡的鞭子呼呼地響：
「呼呼，我要打人！呼呼，我要打人！」
四四格對鞭子道：
「別多嘴，多嘴！我自然知道，知道！找到了他們我總得結結實實打他們一頓，他們一頓！」
過一會四四格知道了他們出的事，四四格就跑到了包包那裡。
「包包先生，先生。你把他們三個人關一個星期，一個星期，誰給我做金剛鑽呢，鑽呢？請你別關他們，用別的法子罰他們吧，他們吧。」
包包說：

「可以。」

包包就叫人把他們三個放出來。包包在一張紙上寫著：

「罰足刑。」

要罰他們足刑了。足刑是什麼呢？不知道。小林想，這足刑大概是用鞭子打腳。打可不怕，他們都挨打挨慣了。

巡警把他們三個帶到一個房間，門口有一塊牌子：

足刑室

那些巡警把小林他們三個綁起來，再把他們的鞋子和襪子都脫去，就開始上「足刑」了。

足刑並不是用鞭子打，是……啊呀，不得了，可真難受極了！原來是……啊呀！可真難受！

小林叫：

「啊呀，不行不行！這麼著可不行！」

四喜子也叫著：

「放了我呀，放了我呀！哎喲！」

木木臉上都是眼淚：

「啊呀，真要命！輕一點吧，輕一點吧！啊呀啊呀！」

現在我趁他們不叫的時候說出來吧。足刑是什麼呢？原來是——搔腳板！

他們三個都給綁得緊緊的，一動都不能動。巡警們就用手在他們腳板上很重地搔著。他們都癢得要命，難過極了，又掙不脫。三個人都笑得喘不過氣來，笑出了眼淚。他們三個人又想哭。

搔腳板搔了一個鐘頭。

後來四四格把他們三個帶回去了。四四格拿著鞭子，說道：

「你們這麼可惡，可惡，偷我的金剛鑽去賣，去賣。今天我要狠狠地打你們，打你們！」

啪！啪！啪！

這次挨打比平常還重，他們三個都給打得皮破肉綻，血一條一條地流了下來。三個人嚷著，哭著。小林想起沒有了媽媽和爸爸，又沒有了大林，他就哭得更傷心了。

四四格打累了，才住了手：

「便宜了你們，你們。現在去做金剛鑽去，鑽去！」

他們的腿子都給打得走不動了，就一拐一拐地走去。

啪！又是一鞭。

「快點！」

第五章　小林的力氣

到了冬天了，冷起來了。

太陽怕冷，穿上一件很厚很厚的衣服，因此太陽也不大有熱氣了。

小林和四喜子和木木睡在一個小房間裡，墊著稻草，蓋的也是稻草。他們都冷極了，做金剛鑽的時候，手冷得發僵。小林因為太冷，連牙齒上也生了凍瘡，又脹又癢又痛，難受得很。小林說話的時候一不小心，就得碰著牙齒上的凍瘡，——啊喲，可真痛！

有一天，小林正要睡，忽然有一個東西滾到了他面前。一看，是個雞蛋。

「小林救救我！」

「誰說話呀？」小林四面瞧瞧。

「我，我是個雞蛋。」
木木和四喜子也醒來了，坐了起來。
小林對雞蛋說：
「什麼！叫我救你？」

雞蛋好像要哭了似的說：
「救救我，四四格要吃我了。我本來不是雞蛋。」
他們三個人奇怪起來。四喜子說：
「雞蛋先生，你先請坐罷，坐下來再詳詳細細告訴我們。」
「我坐不穩呀。」雞蛋說。
小林就把雞蛋放到稻草上。雞蛋也生了凍瘡，蛋殼上有一塊紅的。
雞蛋就把事情說出來了：
「謝謝你們，我冷極了。我告訴你們罷，我本來是個人，叫做喬喬。我本來也是在咕嚕公司做金剛鑽的。

四四格是個壞極了的壞蛋。我給他做了兩年金剛鑽，四四格就對我說：

『一二三，變雞蛋，

一二三，就雞蛋！』

我就變成雞蛋了。在這咕嚕公司的孩子都會要變成雞蛋的，變成了雞蛋就給四四格吃掉了。」

他們聽了雞蛋喬喬的話，都嚇得直打哆嗦，你看看我，我看看你。

雞蛋低聲說：

「害怕有什麼用呢，得想想辦法。」

小林想：對，先得把喬喬救出來。他問：

「你還能變成人不能，喬喬？」

「能。」雞蛋喬喬說，「小林，你不是有個鐵球麼？你只要把鐵球對我一打，打碎了，就變成人了。」

「那不把你打壞了麼？」

「不會。快動手吧。」

小林拿起他的鐵球對雞蛋一打，啪的一聲，雞蛋就馬上變成一個女孩兒了，圓圓的臉。這就是喬喬的本相。

喬喬叫他們三個圍攏來，小聲兒說：

「明天小林給四四格拿早飯的時候，把黑地洞的泥土放一點兒在他吃的東西裡，他吃了就會睡著。我們就可以逃走了。」

這些話馬上傳到隔壁房，隔壁房裡又傳到隔壁，傳呀傳的全個咕嚕公司的小孩子都知道了。大家都擠到小林他們三個人的房裡來。

大家都要把四四格打死。

小林跳了起來：

「對！只要沒有了四四格，我們就都能過好日子了。」

一不留神，碰著了牙齒上的凍瘡——

「哎喲！」

喬喬就和幾個人到四四格放雞蛋的地方，拿鐵球去打雞蛋。

有的是真正的雞蛋，有的可就變成了一個人。

到了三點鐘，小林就依了喬喬的話，把那個黑洞裡的泥土放一塊在麵裡，給四四格先生吃。四四格先生剛吃了一口，就呼嚕呼嚕睡著了。

大家叫道：

「好了，我們可以動手了！」

喬喬說：

「只能使鐵球，把鐵球往上面扔去，要剛剛落在他身上，他才會完蛋。」

「那還不容易？」

「可是鐵球要扔上一百丈高才行，」喬喬說，「要是扔不到那麼高，就打不死四四格，倒把他打醒了，那他就得把我們全都吃掉。」

四喜子嚷：

「那可危險！要是我們不扔鐵球，不打四四格呢？」

「那麼，反正總有一天，我們會變成四四格的雞蛋。」

「那我反對！我同意扔鐵球！」

「誰有那麼大力氣呀？誰來扔呀？」

「小林！小林！」

「好，我來！」小林應了一聲。

小林天天給四四格送早飯，早飯是很重的，天天送，天天送，小林力氣就練大了。於是小林拿起鐵球，預備好姿勢，咬一咬牙——可是咬到牙齒上的凍瘡了，痛得手發軟。

第二次，小林又預備好，——要扔得高，越高越有力量——

一，二，三！

可是力氣使得太大了，鐵球一直往上飛，盡飛盡飛，不知道飛到哪裡去了。

大家都仰著頭看著，簡直看不見了。這麼著等了好久好久。

小林著急起來：

「怎麼辦呢？我們用棍子打他行不行？」

「棍子可打不死四四格。」喬喬說。

原來只有鐵球才行。

「那我們來製造一個！」小林提議。「剛才我扔的那個鐵球扔沒了。」

「好，就來製造！」

大家就動手來造鐵球，一直忙到半夜。四四格呢，四四格還在睡覺。

到上午三點鐘的時候，忽然從天上掉下一個鐵球來，掉到了四四格的腳邊。

四四格還在那裡打鼾，綠鬍子一掀一掀的。

「唉，沒打中！」小林說。
小林扔鐵球的時候只是注意使勁，只是使蠻力，可是沒有注意要扔得準。
小林走去撿起那個鐵球：
「再扔！」
這回扔得很小心，對準了，只使了一半力氣。
鐵球只不過給扔到一百丈高的地方，就落了下來，恰恰打中了四四格。
大家看見四四格給打死了，他們不會變成雞蛋了，非常高興，就大叫道：
「這可好了！這可好了！」
小林大笑起來，他快活極了。笑呀笑的忽然——
「嗯！」
「怎麼？」喬喬問。
「牙齒！牙齒！」

第六章　到了中麥伯伯那裡

大家都說道：

「四四格死了，公司是我們大家的了。我們該怎麼著？」

喬喬提出一個主張：

「我們仍舊做工，做各種的活兒。做出來的東西我們自己拿去賣。」

「我贊成！」小林叫。

大家也都叫：

「贊成，贊成！」

四喜子說：

「以後不准打人。」

「那當然哪，」大家都說，「四四格已經死了，還會有誰打我們？」

「反對搔腳板！」木木提議。

又一個舉起手來說：

「我還反對睡稻草。」

喬喬就拿一支筆寫著，嘴裡一面念：

「反對打人。反對搔腳板。反對睡稻草。還有什麼？」

小林大聲說：

「我反對牙齒上生凍瘡！應當有凍瘡藥。」

喬喬也寫著：

「應當有凍瘡藥。」

大家議好了辦法，就把四四格的早飯拿來吃。大家快活極了。

可是這一天，還有許多事情要討論。

「要選出一個班長來。」一個說。

「還得有人管事。」又一個說。

「我們要定出規則來……」

問題可多哩。

中間休息了一會，大家就唱起歌來。還有幾個孩子按著拍子跳舞。

正在快活的時候，災難可又來了。

大家還正在唱歌跳舞，忽然一下子，門口走進一個人來。一看見這個人，大家就都愣住了。有的孩子嚇得發抖。許多人都叫了一聲「啊！」

這是誰？

嚇，是四四格！

四四格——一點不錯，是四四格！

四四格還是絲鬍子，手裡還是拿著一條皮鞭。

可是小林回頭看看打死四四格的地方——啊呀真怪，那個死四四格分明躺在那裡！

「你是誰？」四喜子問那個活四四格。

「我麼，我是第二四四格。」

停了一會，這第二四四格又說：

「你們以為打死了四四格就好了麼？哼，還有我第二四四格！我要叫怪物來把你們一個個都抓去，把你們一個個都判罪！你們犯了殺人罪！」

喬喬大聲說：

「四四格才犯了殺人罪哩！他害死了那麼多個孩

子！」

「哼！」第二四四格說，「總而言之，你們打死了老闆！」

小林趁他說話的時候，偷偷地拿起鐵球，對準了往上一扔，落下來打死了第二四四格。

喬喬叫：

「大家快跑！大家快跑！」

大家正要跑出大門，忽然又進來一個四四格！

「不許跑！我是第三四四格。你們一跑，我就叫怪物來！」

「快逃！」木木叫。

於是大家向門口衝去，把第三四四格衝倒在地上，大家跑出門去了。

第三四四格就大叫起來：

「救命呀！快來呀！怪物快來呀！」

叫呀叫的，忽然天上全黑了。地也搖動了起來。怪物來了！他身子太大，所以把天都擋黑了。這怪物是誰呢？就是那天要吃大林和小林的那個怪物。

另外，還有許多巡警也來了。巡警是來抓殺人犯的，因為他們打死了兩個四四格。

小林想起那天和大林分兩頭跑，怪物就追不著。小林就叫：

「分開跑！分開跑！」

大家分開跑，怪物就沒有辦法了。有幾個跑得慢點的就被怪物一手抓去吃了。四喜子就被怪物吃掉了。木木也不見了。

小林和喬喬在一起跑，幸虧跑得快，不然可真危險！

小林正跑呀跑的，忽然不小心碰著一棵大樹，小林的耳朵給碰掉了。

「等一等！我掉了東西！」

喬喬就把小林的耳朵拾起來。

「好，快跑罷。」

「讓我把耳朵包起來，別把它弄髒了。」

喬喬拿一張報紙讓小林把耳朵包起來，藏到了衣袋裡，於是又跑。一口氣又跑了五十幾里路，回頭看看，怪物沒追上來，喬喬和小林才坐到地上休息。

喬喬對小林說道……

喬喬正要說話，可是小林忽然怪叫起來：

「喬喬，你臉上少了一件東西！」

「少了什麼？」

「我不知道。你臉上少了一件東西，就不像喬喬了。我的耳朵呢？」

喬喬就從袋裡拿出耳朵來，給小林裝上去，她一面問：

「我究竟掉了什麼？耳朵麼？」

「大概是的……」一會兒又嚷：

「不是！噢，看出來了！——你掉了鼻子！」

喬喬在臉上一摸，真不見了鼻子，她著急起來：

「啊呀，這可怎麼辦呢？」

他們倆在地上找，可是找不著。這麼著找了一夜。

到了第二天，他們只好不找了，又走起來。

走不到兩里路，就到了一個火車站。
火車站旁邊有一所小屋子，屋子門口掛著一塊牌：

招　領

昨天我拾得了一個鼻子。不見了鼻子的人請進來領鼻子。

中麥敬啟

「喬喬，你的鼻子在這兒哩！」
小林和喬喬就走進門去，看見一個老伯伯在那裡吃飯。老伯伯說：
「我就是中麥。你們是不是來領鼻子的？你的鼻子是個什麼樣兒？」
「尖的，有兩個鼻孔。」
「對了，你拿去吧。」
他們拿了鼻子要走了。可是他們肚子都餓

了，看看桌子上的飯，又看看中麥伯伯。他們咽著唾涎。

中麥已經看出來了，就問：

「你們還沒吃飯吧？」

「沒呢。」

「快來吃，不然要冷了。你們是哪兒來的孩子呀？」

喬喬和小林經這位老伯伯一提，他們想到沒有地方可以去了，就哭了起來。喬喬和小林一面哭，一面吃，一面說：

「我們在咕嚕公司做工。後來四四格打我們。後來還要變雞蛋吃。後來打死了四四格。後來第二四四格。後來第三四四格。後來怪物追我們。後來掉了耳朵。後來掉了鼻子。後來上您這兒來。後來您問我們。後來我們說：『我們在咕嚕公司做工。後來四四格打我們。後來還要變雞蛋吃。後來打死四四格。後來……』」

「我知道了，我知道了。你們沒有家，你們沒有地方可以去，那你們就住在我這裡吧。」

中麥把喬喬和小林抱起來。喬喬和小林眼淚汪汪地笑著。中麥也眯起眼睛向他們微笑，又輕輕嘆了一口氣。於是喬喬和小林忍不住又流下了眼淚。

第七章　小林給大林的一封信

哥哥，我真想念你呀。你在哪裡呢？

我和喬喬找鼻子，找著了中麥伯伯。鼻子已經裝好了。我們都叫中麥伯伯叫爸爸。中麥爸爸可愛我們呢。

中麥爸爸是開火車的。中麥爸爸教我們讀書。中麥爸爸說：

「我老了，我老了。我教你們開火車。你們幫我開火車。」

後來我們說：

「好極了！」

我們就學開火車了。我們一定要好好兒學，一定要把它學會。

哥哥，你現在究竟在什麼地方呀？你想小林麼？

後來喬喬的鼻子常常要掉下來。後來喬喬說話的時候一不小心，喬喬的鼻子就「各篤！」掉下來了。喬喬上火車的時候，喬喬的鼻子也掉下來了。後來呢，後來怎麼著，哥哥，你猜猜看？你知道後來怎樣？

哈，猜不著！後來——喬喬就把鼻子裝了上去。

有一天，我和喬喬跳繩。喬喬跳得可好呢。跳呀跳的，忽然喬喬的鼻子又掉下來了。後來我們就把鼻子……

後來中麥爸爸說道：

「我要帶喬喬上醫院裡去，把喬喬的鼻子醫一下。」

可是並沒有帶喬喬上醫院去，因為中麥爸爸沒有錢。

後來我又記起哥哥來了。有一天做個夢，夢見你來了。我可真快活，我問你：

「你怎樣來的？」

你說：

「中麥爸爸叫我來的。」

我快活極了。我就和你抱了起來。

後來我和你和中麥爸爸打怪物，怪物大叫道：

「我要吃掉你們！」

後來喬喬拿跳繩的繩子把怪物綁起來了。我把鐵球一扔，怪物就忽然死了。

後來月亮出來了。月亮對我們笑，我們也對月亮笑。後來忽然四四格和皮皮走來了，皮皮拾起了你，喬喬就趕走了皮皮。四四格忽然拿鞭子打我，中麥爸爸就拿鐵球打四四格。

後來我和你和中麥爸爸都快活極了。後來我們大家開火車。後來月亮請我們吃飯，我們忽然就把火車開到月亮家裡去了。月亮家裡還有四喜子和木木。

後來我忽然醒來了。

原來是個夢。中麥爸爸在我旁邊，喬喬在我旁邊，可是沒有你了。

我還是在找你。

「哥哥呢，哥哥呢？」

我哭了。

哥哥，你快來吧。你到了火車站，就可以問中麥伯伯住在什麼地方，他們就會領你來。千萬要來，千萬別不來！

中麥爸爸希望你來，喬喬希望你來。你來了我們可就快活了。

哥哥，還有一件事要告訴你。

你來的時候先寫一封信給我，告訴我，你什麼時候來。我們先要給你買個皮球，買一個蘋果。你千萬要寫信來，你千萬別不寫信來……

正寫到這裡，喬喬的鼻子又掉了。中麥爸爸先生正在這裡替她找，我也給她找。你等一等吧。

………

啊呀，真麻煩！

後來怎樣呢？後來又把鼻子裝上了。

現在中麥爸爸催我睡，我不寫了。我明天還得起早。

你千萬要來呀。你千萬要寫信來呀。你得寫信告訴我們，你現在在什麼地方，做什麼事。如果你信上不告訴我，那我可就要罰你二十下手心。

我天天想念著你。

你想念我嗎？

快來快來……

上面是小林寫給大林的一封信。

信封上是這樣寫的：

速寄 哥哥先生收 小林緘

小林寫好信封，就把信丟到郵筒裡了。

第八章　美麗的天使

你想，這封信寄不寄得到？

當然寄不到。

小林也不請教中麥爸爸，也不和喬喬商量，就把這封信發出去了。小林盼望著哥哥的回信。等呀，等呀，——可總得不到一點點大林的訊息。

小林天天晚上夢見大林，一醒來就不見了。

「哥哥，你在哪裡呢？」

真的，大林到底在什麼地方呢？——聽故事的人都想要知道。

大林麼？大林這時候正在他自己的家裡。大林這時候正在他自己家裡吃飯。大林吃起飯來才麻煩呢。大林的旁邊站著二百個人……

剛說到這裡，你一定會問：

「你為什麼不從頭說起呢？大林怎麼會跑到這裡來的？大林怎樣會有他自己的家呢？那天怪物要吃大林和小林，大林和小林分開跑，我們就沒看見大林了。

你從那裡說起吧。」

對，我就從那裡說起吧。

那天不是怪物沒抓住大林和小林麼？那天大林也像小林一樣，拼命跑，拼命跑，一口氣跑了二十里路。大林回頭一看，怪物不見了，小林也不見了。

大林疲倦極了，他就坐在一棵樹旁休息起來。大林想著：

「小林到什麼地方去了？我們假如是富翁就好了。我們假如是富翁，我們就有珠寶給怪物，怪物就不會吃我們了，我和小林就不會分開跑了。」

想呀想的，大林就把眼睛閉起來。大林躺到了地上，就睡著了。大林做了一個夢，夢見他和小林都做了富翁。他和小林拿許多許多珠寶給了怪物，怪物就乖乖地走開了。怪物還對著他和小林鞠躬哩。他又夢見他和小林住在一間很好很好的屋子裡，吃得好，穿得好，又不用做活。大林快活極了。

「做了富翁可真好呀！」

忽然有一個聲音叫道：

「你願意做富翁麼？」

「誰和我說話呀？」

「是我，」那個聲音又叫著。「我叫做包包。」

大林想：

「我做夢吧？」

大林不是在做夢。大林已經醒來了。他把眼睛張開，就看見一個狐狸紳士站在面前。這個狐狸紳士的臉是黑色的，身上穿著大禮服，腳上一雙水晶鞋——在月亮下面照著，好看得叫人眼睛都要花了。這位紳士是平平的弟弟，叫做包包。包包又問大林：

「你真的願意做富翁麼？」

「你是誰？」

「我叫做包包。呃，你不是願意做一個富翁麼？」

「那還用說！」大林打了一個呵欠。

「我叫做包包。我可以想法子讓你變成一個富翁。」

「什麼！」大林馬上坐了起來。

大林還當是自己聽錯了呢，又問：

「請你再說一遍。你說什麼？」

包包答道：

「當真，我可以幫助你變成一個富翁。」

哈，當真！大林馬上就站了起來，對包包說：

「你可真是好人！你真的可以讓我做一個富翁麼？你要我報答麼？」

「當然要報答。」包包笑了。

「怎麼報答呢？」

「下回再說。你現在和我到我家裡去吧。今天是星期一，到了星期六，你就是一個大富翁了。」

包包就攙著大林的手走了。進了城，到了包包的家裡。包包家裡有巡警給他守衛，還有巡警給他跑腿。

包包對大林說：

「我跳高跳得很好，你知道麼？」

「我不知道。」

「上次開運動會的時候，我跳高第一。」

過了一會，包包又對大林說：

「有一個大富翁，叫做叭哈先生，你知道麼？」

「我不知道。」

「叭哈先生是世界上頂富頂富的大富翁，美國的煤油大王還問叭哈先生借過錢呢。叭哈先生還沒有兒子。你要是給他做了兒子，你就是大富翁了。」

過了一會兒，包包又對大林說：

「我是一個做官的，你知道麼？」

「我不知道。」

「我是一個官兒，可是我官兒並不很大。我想做一個大官兒，頂大的官兒。我想做一個大臣。叭哈先生和國王很要好，國王很相信叭哈先生的話。叭哈先生要是對國王說：『國王，你叫包包做一個大臣吧！』國王就會讓我做大臣。你明白了麼？」

「明白了。」大林應著。

包包看看大林，點點頭說：

「那麼，你就應當要求你爸爸，叫你爸爸去見國王……」

大林糊塗起來：

「怎麼要求我爸爸？我爸爸死了。」

「我說的是叭哈先生。你給叭哈先生當了兒子，他還不是你的爸爸麼？」

「可是我怎樣可以做叭哈先生的兒子呢？」

包包笑道：

「我自然有法子。你瞧吧，我要扮做一個天使。」

包包就拿出一盒白粉來，把粉塗到了臉上。包包的臉本來是黑的，一上了粉之後就變成灰色了。包包還在臉上塗了一點胭脂。包包又拿出一件女子長衣來穿在身上。包包裝扮好之後，就一扭一扭地走到了大林眼前，問道：

「我美麼？」

「美！」

包包又學了女子的聲音問大林：

「我像一個天使麼？」

「像！」

後來包包又從櫃子裡拿出一個紙包來。包包告訴大林：

「這是一對雞翅膀，昨天我吃了十隻雞，留下了一對雞翅膀。」

說了之後，包包就把這一對雞翅膀插在背上。

大林問：

「這是做什麼？」

包包詫異道：

「咦，你不知道麼？你看過童話沒有？外國的童話裡，都說天使是有翅膀的，所以我要把雞翅膀插在背上。這就完全像一個天使了。」

包包照一照鏡子，叫了起來：

「真是一個天使！真美呀！」

包包臉上出了汗，汗流過的地方就把白粉和胭脂都洗去了。他的臉上就又有黑色，又有白色，又有紅色，變成一個花臉。

這位美麗的天使四面瞧瞧，對大林小聲兒說：

「你別亂跑，得好好在這兒等著我。你要是餓了，可以打開窗子吸一點兒新鮮空氣。我出去辦事去了。

再會！」

「再會！」

「可是今天的事，你非守祕密不可。你要是洩漏了祕密，那你就當不成富翁的少爺，我也當不成大臣了。記著！」

「我記著。」

包包就走出去了。到門口又打回轉，從櫃子裡拿出一塊雞蛋糕，又把櫃子鎖上。包包一面嚼著雞蛋糕，一面說：

「當個天使還得會唱歌才行。這個可考不住我。」

大林就聽見包包一路唱著「天使之歌」走了——

「吃一塊雞蛋糕。
美麗的包包。
吃一塊雞蛋糕。
美麗的包包。
吃一塊雞蛋糕。

美麗的包包。

吃一塊雞蛋糕。

……」

聲音愈來愈小，聽不見了。大林忽然覺得一陣頭暈眼花，就趕緊去打開一扇窗子。可是窗子外面站著一個巡警，對大林叫道：

「怎麼！你想逃走麼？」

「誰說我想逃走！我才巴不得給叭哈先生當兒子呢。」

第九章 天使給叭哈的幸福

包包一扭一扭地走出大門，就坐上了馬車。包包對馬說：

「得兒！到叭哈家。我是要跳牆的，所以只要到叭哈家的牆外就行了。知道了麼？」

「知道了。」

馬車一口氣跑過去，跑到一面白牆跟前停下了。牆上寫著許多黑字：

「這是叭哈先生的家，
不准亂塗亂畫。
你如果亂塗亂畫，
我搔你腳板一百二十下！」

在這些字旁邊，又寫著六個斗大的字：

「此處不准寫字！」

包包就在這裡下了車。包包看看這面牆。這面牆是銀的，有一丈多高。銀子亮得和鏡子一樣，照出包包的臉，臉是花的，又紅，又白，又黑。包包忍不住叫起來：

「可真美！真可愛！現在我還不是大臣哩，我如果做了大臣，我就更可愛了。我得讓大林做叭哈先生的兒子。我得跳上牆去。跳呀，跳呀。」

包包預備好，一二三！一跳。

可是牆太高，包包先生跳不上，跌到了地下。馬看見了就笑起來了，說道：

「嗚嗚嗚，包包老爺跌得苦！」

包包生了氣。

「呸，你笑我跳不上麼？你再看！」

包包就用了全身的力氣，預備好，一二三！包包把兩隻腳一用力，就跳上去了。包包就從牆上爬到樹上，從樹上爬進一扇窗子，就到了叭哈先生的房裡。

包包坐在地板上休息了一下。他張開眼睛仔細一看，看見叭哈正在床上睡覺呢。叭哈的床是金的。叭哈的鬍子

是綠的。叭哈打著鼾，把綠鬍子吹得飄起來。叭哈的肚子很大，好像一座山一樣。叭哈蓋的被窩是一張張的鈔票綴成的。叭哈的嘴唇很厚——真厚極了，有人說曾經有一個臭蟲從他上嘴唇爬到下嘴唇，足足爬了幾個鐘頭才爬到。後來叭哈怕這個臭蟲太勞累，還請了一個醫生來給它打針哩，因為這個臭蟲是叭哈養的。叭哈頂愛養臭蟲，一共養了三萬多個。到了晚上，臭蟲就到工人宿舍去旅行，去玩捉迷藏。

這時候有一個臭蟲爬到了叭哈的鼻孔裡，叭哈的鼻孔癢了起來。

「啊——啊——吃！」

叭哈打了一個噴嚏，就醒來了。

包包就趕快站起來，一扭一扭地走到了叭哈的床邊。包包尖著聲音叫：

「叭哈，醒來！叭哈，醒來！」

叭哈先生問：

「誰叫我？」

「是我叫你。我是一個天使。我是天上下來的。」

叭哈先生想道：

「我聽說天使都很美，都長著翅膀。一個人要是遇見了天使，就會有幸福。我來看看這位天使美不美。」

叭哈先生把眼睛張得很大，仔細看看這位天使。把叭哈的眼睛都看花了。

「啊！」叭哈叫了起來，「這真是我的天使！這真是我的天使！」

叭哈馬上爬起來，跪在床上，對包包說：

「美麗的天使呀，美麗的天使呀！您怎麼肯降臨我這裡呢？您是不是有什麼話要吩咐我呢？您是不是要使我幸福呢？您是不是愛我呢？您的翅膀為什麼像雞翅膀呢？」

包包說：

「天使的翅膀都是這樣的。」

「啊，是的是的。真是耳聞不如目見。天使呀，您來有什麼話對我說？」

「有很要緊的話。你別老這麼跪著了，坐下談談吧。」
「好極了。美麗的天使請坐吧。美麗的天使要不要抽煙？」
「好，拿一支給我吧。」
叭哈馬上拿一支煙給包包，還給包包點了火。包包就坐到椅子上，把左腿擱到右腿上，一面抽煙一面說道：
「這種煙很不錯，在天上可沒得抽。喂，叭哈，我們談正經事吧。叭哈，你不是沒有兒子麼？」
「唉，是呀，這正是我的心事。」
「你想不想有一個兒子？」
「當然想！當然，唉！天使能幫我一個忙麼？」
包包用力抽了一口煙，說道：
「哈，我就是來辦這件事的。我看你是一個好人，所以我特地來送一個兒子給你。」
叭哈高興得直喘氣：
「真的？在什麼地方？在什麼地方？您帶來了麼？」

包包叫道：

「別忙！天使做事情可不會這麼快。叭哈，我肚子餓了，你有什麼吃的沒有？有酒麼？」

「有，有！」

叭哈先生按了按鈴，就有幾個聽差托著一個盤子走出來，又是酒，又是肉。包包一面吃一面說：

「到了星期六，你就有兒子了。星期六下午三點鐘，有一個穿黑衣裳的小孩子會走過你門口，這孩子就是你的兒子。現在我給你一個戒指，到星期六那天，那個穿黑衣裳的孩子也有一個戒指，他的戒指和你的戒指一個樣，這就是證據。」

叭哈聽了，歡喜得哭了起來。叭哈就又對包包跪下：

「感謝天使！感謝天使！哈，我有了兒子了，我有了兒子了！」

「別吵，聽我說！你的兒子已經有十來歲了，是個很聰明的孩子，你得聽他的話。」

「是，是。」

「好，我要走了。」

包包就站起來，一扭一扭地走到窗子旁邊，要往下跳——一二三……包包正要跳，可忽然想起了一件事：

「你這裡這一盒煙和這一瓶酒，我想帶到天上去給大家嘗嘗，行麼？」

叭哈就送給包包一盒煙和一瓶酒。包包這才跳下窗子，走了。

叭哈連忙跪在地下：

「感謝天使！感謝天使……」

第十章　叭哈的家裡

日子過呀過的就到了星期六。

包包拿一件黑衣服讓大林穿上，吩咐大林：

「你到了下午三點鐘，就到叭哈家裡去。我再給你一個戒指，你可以拿給叭哈先生看看，當作證據。從今天起，你可就是大富翁了。叭哈先生如果問你從哪裡來，你就說是從天上來的。知道了麼？」

「知道了。」

「很好，」包包拍拍大林的肩膀，「我再說一遍：從今天起，你就是大富翁了。你可別忘了我呀，得好好報答我。」

「我一定報答。」

「你還得嚴守祕密。」

「我一定守祕密。」

到了下午三點鐘，大林穿著黑衣，帶著包包給他的戒指，到叭哈家去了。叭哈家的大門是鋼的，上面鑲著金剛鑽。大門口有一塊一里路長的牌子：

叭哈先生的家

大門口站著二十四個狐狸，都穿著大禮服，一動不動地站著，像石頭一樣。大林剛剛一走到，那二十四個狐狸就對大林恭恭敬敬地鞠了一個躬。

「您是叭哈先生的少爺麼？」

「我是從天上下來的。我是叭哈先生的兒子。」

「戒指呢？」

「哪，這裡。」

於是那二十四個狐狸又對大林鞠一個躬，說道：

「那您就是大少爺，一點不錯。請進！」

忽然有一輛馬車從裡面跑出來了。車上有四個大字：

「歡迎兒子」

那二十四個狐狸請大林坐上車，就拉到裡面去了。這所房屋真大極了，馬車

走了一個鐘頭才走到。叭哈親自接大林下來，看了看大林手上的戒指，快活得叫道：

「我有了兒子了，我有了兒子了！快叫我爸爸！」

「爸爸！」

叭哈想要抱一抱兒子，可是抱不起來，因為叭哈的肚子太大了。他伸長了手，還摸不到自己的肚子尖呢。不過叭哈仍然非常快活，格格格地笑著，那大肚子一高一低地動著。叭哈說：

「我是世界第一大富翁。你是我的兒子，你也就是世界第一大富翁了。我是世界第一大胖子，我也一定要把你養胖。我有了兒子了，真快活！我今天晚上要開個大宴會慶祝呢。我要給你取一個名字，我要叫你一個美麗的名字。我要叫你做唧唧，我還要送你進學校。」

從此以後，大林就不叫大林了，叫做唧唧。我們也管大林叫唧唧吧。

唧唧就說：

「我真快活！這下子可真好了。」

「好兒子，來，親我一下！好兒子！」

唧唧跑了過去，好容易爬上叭哈的肚子，和叭哈親了一個嘴。

叭哈於是叫二百個聽差來，這二百個聽差都穿得很講究。叭哈對這二百個聽差說：

「以後你們就伺候唧唧少爺，你們得聽唧唧少爺的話。你們現在給唧唧少爺換換衣服吧，揀頂漂亮的給他穿上。」

又對唧唧：

「這二百個聽差是專門伺候你的。這二百個聽差都編了號，你就叫他們第一號，第二號，第三號，第二百號，——用不著記他們的名字，免得你費腦筋。」

那二百個聽差就給唧唧少爺換了衣裳，後來又帶唧唧少爺到一間很亮爽的、香噴噴的房子裡。

「唧唧少爺，這是您的書房。」

這間書房真好極了。桌子是寇寇糖做的。椅子是胡桃糖做的，上面鋪上一層乳酪做的墊子。地板是玻璃的，亮得像鏡子一樣，再仔細一看，原來不是玻璃，

是冰糖。唧唧說道：

「好了，從此以後我就享福了，我是大富翁了。從此以後我就吃得好，穿得好，又不要做工作。真好呀，真好呀！我一定要愛這個爸爸。」

後來這二百個聽差又領唧唧到叭哈房裡去。這時候叭哈房裡坐著一個醫生。叭哈正聽著那個醫生說話呢。醫生說：

「請叭哈先生放心，這個病是不要緊的。我今天再給他打三針就好了。」

叭哈站了起來：

「好，現在我們去看看病人吧。唧唧，跟我同去。」

叭哈就牽著唧唧的手，同醫生到一個房間裡去看病人。病人旁邊站著十八個看護婦。她們低聲對醫生說：

「他睡著了。」

醫生問：

「他怕不怕冷？」

「他沒有怕冷的樣子。」

「那好，」醫生搓搓手微笑說。「現在我來打針吧。」

唧唧覺得奇怪：

「哪有什麼病人呀？這病床上不是空的麼？我眼花了麼？」

唧唧就跑過去仔細一看，原來確有一個病人，不過病人身體太小，不容易看見罷了。

原來這是個臭蟲！

醫生給這臭蟲打過了針，就對那十八個看護婦說：

「現在讓病人好好睡一覺，不准有一點聲音吵他。睡到六點四十七分五十八秒鐘，你們就叫醒他，給他喝牛奶，然後帶他到桌子上去散步。」

醫生吩咐了之後，就格噠格噠地走了。

叭哈就拉了唧唧的手，一面走出去，一面對唧唧說：

「這個醫生是鼎鼎大名的，診一次病，要一千二百塊錢哩。我現在帶你去看臭蟲俱樂部吧。」

他們走進一個房間。這裡有許多許多的臭蟲，唧唧一進門，連打了十幾個噴嚏。這房門口站著一位紳士，是臭蟲教練官，專門管臭蟲的。這位臭蟲教練官看見叭哈來了，就叫：

「立正！」

那許許多多臭蟲馬上就排了隊站著。

叭哈先生點點頭笑一笑，就牽著唧唧的手走開了。

唧唧問叭哈：

「爸爸，你為什麼要養臭蟲？」

「我一天到晚不用做事，就養臭蟲玩。臭蟲是全世界上頂可愛的東西。如果有誰不聽我的話，我就叫臭蟲去叮他。」

到了五點鐘，有一個怪物來見叭哈。這個怪物的眼睛有一面鑼那麼大，發著綠光。他手上長著草。右手上貼著一塊膏藥。

唧唧一看見這怪物，撒腿就逃。這正是那天要吃大林和小林的那個怪物！

叭哈叫道：
「唧唧！唧唧！別怕，別怕，這怪物是很聽我的話的。」就對怪物說：
「這是我的兒子，這兒子是一位美麗的天使送給我的。」
怪物對唧唧鞠一個躬，說道：
「我和您做好朋友吧。」
叭哈問怪物：
「有事麼？」
「沒有什麼事。只看叭哈先生有什麼吩咐。」
「你的手為什麼貼橡皮膏？」
「給月亮戳的呀。」
「好，沒有什麼事，你去吧。今天晚上我要開宴會呢。」
怪物鞠了一個躬，就走了。

叭哈告訴唧唧：

「怪物每天來見我一次。」

唧唧越想越快活：

「真好！真好！我一做了富翁，什麼事都很好了。小林為什麼說做富翁不好呢？小林現在在什麼地方呢？小林有沒有做富翁呢？爸爸說爸爸是世界第一大富翁，爸爸是世界第一大胖子，我也要胖起來才好。」

後來叭哈對唧唧說：

「唧唧，我告訴你兩件事。第一，你要聽我的話。第二，你不准做事。你無論什麼都要聽差去做，依我麼？」

「我依。」

「啊，好兒子，來！親我一下。」

唧唧就用了全身的力氣，爬上叭哈的肚子，去親了一下。爬下來的時候出了一身大汗。

第十一章 大宴會

晚上九點鐘，叭哈家裡有一個大宴會。到的客人真多極了。這些客人裡面有皮皮，有平平，有四四格。四四格一看見叭哈，就說：

「您有兒子了，兒子了。我恭喜您，恭喜您。」

那位長鬍子國王也來了。國王的後面跟著一位挺矮的矮個兒公主，叫做薔薇公主。

薔薇公主後面跟著二百個女衛隊——她們每個人手裡都拿著一些東西：有的拿著一些瓶瓶罐罐，有的帶著一些包包果果，有的拎著幾隻小提包，有的背著一口大皮箱，還有的挾著許許多多大大小小的包袱和匣子。

四四格小聲兒問皮皮：

「薔薇公主幹麼要帶這麼多行李，行李？她要搬家麼，家麼？」

「什麼行李！」皮皮說。「這是公主的化妝品。」

「哈呀，怪不得公主這麼美呢，美呢。」

這時候平平走過來了。平平是一個很有學問的狐狸，他說：

「你們瞧！薔薇公主走起路來多美：活像一個鴨子。臉也像鴨子的臉。嗓音也好，跟鴨子叫喚一個樣。鴨子是一種美麗得了不得的鳥兒。依我看來，國王陛下的祖先，一定有一位是鴨子變的。」

國王聽了很高興，說道：

「你可真是個聰明人。應當給個官兒你做做。明天你來見我吧。」

「遵命！」平平恭恭敬敬鞠一個躬。

於是許多人都擁到了公主跟前，看著，稱讚著。有的人還對公主鞠躬。可是公主全都沒瞧見。原來薔薇公主也認為自己是天下第一美人，看見別人總覺醜，就從來不肯正眼兒瞧別人一下，眼珠子老是往上翻著。

四四格擠進來和薔薇公主談天：

「公主，您看今天天氣多好，氣多好。」

薔薇公主這才知道有人在她跟前向她說話，她就和氣地答道：

「是的，誰誰誰也沒我這麼美美美，美！美！美！美麗！」

原來薔薇公主向來不注意別人說什麼，只是你說你的，她說她的。這麼著，

她就沒學會好好跟別人說話。

叭哈也牽著唧唧的手走了過來：

「我給您介紹我的兒子——新到的貨色。」

薔薇公主客氣地點點頭，答道：

「我我我唱歌也唱唱唱，唱！唱！唱得最好！」

「是，是，我很佩服，」叭哈也點點頭，又四面看看。「怎麼，王子還沒有來？我還得把我的兒子介紹給王子認識呢。」

「王子殿下到！」有人叫。

許多人就跑到門口去迎接。皮皮問唧唧：

「唧唧少爺，您看薔薇公主美不美？」

「可愛極了，可愛極了。」唧唧說。

「王子呢，您看美不美？」

「也美，」唧唧說，「王子可真高！」

王子真高極了。前天王子在街上走過，有一家人家的樓上晒著一件衣服，王子手一舉，就把那件衣服偷下來了。王子的鼻子是紅的。

王子對皮皮和唧唧說：

「我美還美，可是我的鼻子是紅的。」

「您的鼻子為什麼會這麼紅？」

「因為我太高。高空上挺冷，我的鼻子就給凍紅了。」

說呀說的，有一個穿大禮服的狐狸跑來叫道：

「親王來了！」

那位親王走了進來，對大家點點頭，然後對叭哈先生鞠一個躬說：

「恭喜！恭喜！您可有了繼承人了。」

親王是國王的弟弟，他叫做……他的名字可長哩，一口氣很難念完。他的名字叫做：

從前有一個國王他有三個兒子後來國王老了就叫三個王子到外面去冒險後來

三個王子都冒過了險回來了後來國王快活極了後來這故事就完了親王。

叭哈問親王：

「您為什麼取這麼長的一個長名字？」

「我是親王，親王是貴族，貴族的名字總得是很長很長的。」

「您的名字可真難記呀。」

「您反正一天到晚不用做事，既然沒事做，就來把我的名字念念熟吧，您也好消遣消遣。」

叭哈恭敬地點點頭：

「領教，領教。」

後來就吃晚飯了。桌子有二十里路長，桌子兩旁都坐滿了客人。

四四格一面喝酒吃菜，一面說：

「這盤菜真好吃，真好吃。比我吃的雞蛋還好吃，還好吃。」

四四格一共吃了七十二頭牛，一百隻豬，六隻象，一千二百個雞蛋，三萬隻公雞，吃得綠鬍子上都是油，一滴一滴地流下來，一直流到薔薇公主的腳邊，把她的右腳都弄油了，像蒸好了的火腿一樣。

唧唧坐在叭哈的旁邊。那二百個聽差伺候著唧唧吃飯，無論唧唧要吃什麼，都用不著唧唧自己動手。那第一號聽差把菜放到唧唧口裡，然後第二號扶著唧唧的上頜，第三號扶著唧唧的下巴，叫道：

「一，二，三！」

就把唧唧的上頜和下巴一合一合的，把菜嚼爛了，全用不著唧唧自己來費勁。

於是第二號和第三號放開了手，讓第四號走過來，把唧唧的嘴撥開。第五號用一塊玻璃鏡對唧唧的嘴裡一照，點點頭說：

「已經都嚼好了。」

第六號就扶著唧唧的上頜，第七號扶著唧唧的下巴，用力把唧唧的嘴扳開得大大的。第八號用一根棍子，對著唧唧的口裡一戳，就把嚼碎的東西戳下食道去了。所以連吞都用不著自己吞。

唧唧快活地想道：

「真享福呀，真享福呀！」

這時候皮皮站了起來，大聲說道：

「諸位，今天是慶祝叭哈先生得了兒子的日子，現在我們來恭喜叭哈先生，讓我來做幾句詩。」

「好！好！」大家都拍手。

皮皮就把做好的幾句詩念了出來：

「松樹上結個大南瓜。

薔薇公主滿身的花。

我吃完了飯就回家，

其實我可巴——」

皮皮念完了就坐下去了。大家拍手叫道：

「真是天才！天才！」

叭哈問皮皮：

「可是最末那一句我不懂，那是什麼意

思？」

「那意思就是：『其實我可巴不得留在這兒不走』。因為要押韻，就只好省略些。」

四四格拍手：

「皮皮真聰明極了，極了！」

王子正坐在四四格旁邊。王子看見四四格的盤子裡有許多許多雞蛋，就順手拈了一個來。四四格大聲說：

「您為什麼偷我的雞蛋，的雞蛋？」

王子低聲道：

「別嚷，我和你不是好朋友麼？」

「誰和你是好朋友，好朋友！」

四四格說了，就把王子拿著的雞蛋搶了回來。王子一把拉住四四格的胳膊：

「你搶我的東西！」

「這本來是我的，是我的。」

「可是它既然到了我的手裡了，所有權就歸了我。你搶，你就觸犯了國王的法律！」

四四格把那顆雞蛋往嘴裡一放，一面嘀咕：

「什麼國王的法律，法律！我們這幾個人還要耍這一套做什麼，做什麼！」

王子還想要說什麼，忽然窗子上有一個女子聲音說：

「紅鼻頭王子呀，你真美麗呀，我真喜歡你！」

是誰呀？大家都吃了一驚，站起來看窗子。

窗子上站著一位小姐，叫做鱷魚小姐。鱷魚小姐是從外面爬上窗子來的。

王子一看是鱷魚小姐，趕緊就躲到叭哈的後面。王子哀求道：

「做做好事，做做好事，別喜歡我吧。」

鱷魚小姐說：

「無論你說什麼，我總是愛你的。」

鱷魚小姐一面說，一面就從窗子上跳下來，向王子追去。王子拼命逃。王子和鱷魚小姐圍著叭哈的肚子跑起來了。

國王叫道：

「快把鱷魚小姐趕出去！快把鱷魚小姐趕出去！法律第三千六百八十七條：『鱷魚小姐如果追紅鼻頭王子，即須把鱷魚小姐趕出去。』趕出去！趕出去！」

國王就來拖鱷魚小姐。鱷魚小姐一把拉住國王的鬍子，國王痛了起來，就哇的一聲哭了。

薔薇公主叫道：

「啊啊啊啊啊呀！」

薔薇公主昏過去了。

親王走過來拖鱷魚小姐。鱷魚小姐叫道：

「我愛王子，關你什麼事呀，你幹麼要拖我？」

親王生了氣，拍拍胸口說：

「我是王子的叔叔，我當然要幫王子。你看不起我麼，你看不起我從前有個國王他有三個兒子後來國王老了就叫三個王子到外面去冒險後來三個王子都冒過了險回來了後來國王快活極了後來這故事就完了親王麼？」

鱷魚小姐一扭身掙脫了親王的手，就又去攆王子。一面跑，一面拿出小鏡子照著臉，拍著粉。
國王對皮皮哭道：
「皮皮，你現在快叫鱷魚小姐出去吧，你是她的老闆，她只怕你。」
皮皮只一擺手：
「鱷魚小姐，出去！」
鱷魚小姐只好哭著走出去。走呀走的又站住了，對王子說：
「紅鼻頭王子呀，你不知道我的心，你不知道我的心！」
說了才真的走了。
於是大家又坐了下來，好好地吃飯。四四格又吃了七百頭牛，一千六百五十斤麵，八百三十二隻豬。吃完了，四四格嘆一口氣：
「唉！我沒有吃飽，沒有吃飽。」
薔薇公主這時候早已經醒過來了，就答道：
「是是是的，我我我是世界第一美美美，美！美！美人！」
後來客人都散了。叭哈就叫管賬的人來，這管賬的人叫做起士，叭哈先生問起士：

「今天賺了多少錢？」

起士說：

「這裡有個數目，這是今天下午賺的。」

那數目是：

23,000,000,000,000,000,000,000,000,000,000,000,000,000

這數目究竟是多少呀？一共是四十一位：個，十，百，千，萬，十萬，百萬，千萬，萬萬，十萬萬，百萬萬……

叭哈先生對唧唧說：

「咱們賺的錢可真不少。咱們有許多許多礦山和鐵路，咱們還開了許多許多工廠呢。」

唧唧想道：

「這個爸爸可真了不起！」

第十二章　皇家小學校

過了幾天，叭哈就送唧唧到皇家小學校去念書。

這個學校很大很大，從大門走到後門有五十里路。這個學校裡有一萬二千個教室，有六千位教師。學生一共有十二個。現在唧唧進了這個學校，就一共有十三個學生了。

校長是個老博士。校長看見唧唧進了學校，就對唧唧說：

「歡迎，歡迎！現在你去上課吧。唧唧，有人伺候你沒有？」

「有人伺候我。」

「他們都來了麼？」

「來了。」

校長先生走到房門口一看，果然房門外站著二百個聽差，是唧唧帶來的。唧唧無論到什麼地方去，這二百個聽差總是跟著走的。校長就對唧唧說：

「現在你叫這二百個聽差伺候你去上課吧。」

「頭一堂是什麼課呀？」唧唧問。

校長嚇了一跳：

「啊呀，你還不知道本校的規矩麼？」

「不知道。」

「我告訴你吧。」

於是校長拿一本皇家小學校的規矩來，說道：

「本校沒有課程表，學生高興上什麼課就上什麼課。

本校的規矩真不錯，

高興上課就上課，

不高興上課隨你玩。

這就是本校的規矩。」

唧唧笑道：

「這個歌可不好聽。」

校長紅了臉說：

「這個歌是我做的。這個歌好極了。你別多嘴，聽我往下說。我再告訴你，本校的老師有六千位，你高興上誰的課就上誰的課。比如算術老師就有一百三十四位，你要上王老師的算術也可以，你要上張老師的算術也可以，隨你高興。價錢是不同的。」

「什麼『價錢』？」

「價錢就是價錢。王老師有王老師的價錢，張老師有張老師的價錢。比如你去上王老師的一堂算術，你就得花一百塊錢。你去上張老師的一堂算術課，就只要一顆珠子。本校的學費是上一課繳一回的，繳給老師。」

唧唧聽了高興極了：

「這個規矩可真好！現在就上課去吧。現在我要上算術。」

唧唧就和二百個聽差走出去，走到一個大門門口，那門上有一塊牌子：

這是上算術的地方，大家來！

「嚇，算術老師真不少！」唧唧說了就走進去。

這地方是個大操場，操場旁邊有五百間教室。有一百三十四位算術老師在操場上走來走去。有一位算術老師看見唧唧走進來，就跑過來對唧唧說：

「我是羊老師，我的算術頂好。你來上我的課吧。只要九十六塊錢。」

說呀說的，又有一位算術老師很快地跑來，把羊老師推開，對唧唧說：

「別上羊老師的算術，羊老師的算術不好。我是同老師。我的算術最好。」

說到這裡，同老師就唱起來：

「哥哥姐姐吃糕糕，
兩塊糕加三塊糕是七塊糕，
七塊糕，八塊糕，一共是十塊糕。
三個人帶了十頂帽。
一分鐘是七十秒。
我的算術真正好，
價錢最公道，
上一課只要一斤二兩好珠寶。」

同老師還沒有唱完，就又有一個算術老師跳了過來，對唧唧唱道：

「同老師的算術真不好。

一分鐘有八十秒，
同老師說只有七十秒。
你看糟糕不糟糕！
我姓貓，
只有貓老師的算術呱呱叫，
價錢頂公道，
上一課只要一塊雞蛋糕，
一塊雞蛋糕，一塊雞蛋糕。」

唧唧說：

「貓老師，我上你的算術課。」

貓老師很高興，搔搔頭皮，笑道：

「哈，生意上門了！唧唧，我們上課去吧。」

上完了課，唧唧就拿一塊雞蛋糕給貓老師。唧唧想：

「現在我要休息了，不上課了。」

「唧唧別走！」貓老師叫。「我的算術課是價廉物美，已經頂公道不過了，

可是你不能再少給呀。」

唧唧問：

「這句話是什麼意思？」

「我是說，你少給了我兩塊雞蛋糕。」

「我已經給了你一塊雞蛋糕了，你說的『上一課只要一塊雞蛋糕。』」

貓老師笑起來，搔搔頭皮說：

「我是說——

『上一課只要一塊雞蛋糕，

一塊雞蛋糕，一塊雞蛋糕。』

加起來不就是三塊麼？」

唧唧用手指算一算，不錯。唧唧就又給了貓老師兩塊雞蛋糕。唧唧就回家了。

唧唧從此以後，每一天上一課。那二百個聽差就跟著唧唧進學校，出學校。

唧唧無論什麼事都用不著自己動手，什麼事都由聽差們替他做。比如作文，也是聽差們替他作。算術題目也是聽差們替他算。這麼著，每天吃得好，不做事，唧唧就胖起來了。

叭哈先生說：
「真是好兒子！你胖了，更美了。」
學校裡的同學也都說唧唧美起來了。
有一個女同學一擺一擺地走過來對唧唧說：
「唧唧唧唧唧，你你你真美，美！美！美！美！美呀！」
唧唧問那個女同學：
「你怎麼不上我家裡來玩？」
那個女同學答道：
「我我我剛才上了國，國！國！國！國語！」
那個女同學叫做薔薇公主。還有那位紅鼻頭王子也是同學。現在天氣冷了，王子的鼻子更紅得發紫了。
日子一天一天過去，唧唧每天都一樣的上課，回家，吃飯，一看見叭哈就爬上叭哈的肚子去親他。每天都是一樣，沒有什麼特別事好說的。只有一件事要告訴你，就是唧唧越長越胖了。一天一天胖下去，不知道要胖到什麼地步為止。唧唧身體不知道有多麼重，三千個人也拖他不動。唧唧本來住在樓上的，現在不能住在樓上了，因為怕唧唧一上樓，樓就會塌下來。你要是對唧唧笑，唧唧可不能對你笑，因為唧唧臉上全是肉，笑不動了。唧唧要是一說話，牙床肉就馬上擠了出來。

叭哈先生高興極了：

「唧唧越長越好看了。如果再胖一點，就更好了。」

後來唧唧真的又胖了許多許多。到了冬天以後，唧唧的指甲上都長著肉。

唧唧的功課也很有進步。唧唧的運動也很好，唧唧會賽跑。叭哈就更愛唧唧，對唧唧說：

「你真是個好孩子。功課也好，賽跑也好。今年開運動會，你賽跑一定得第一。你得天天練習呀。」

「我是天天練習著，」唧唧說。因為這個句子太長——一共有七個字——唧唧一口氣把它說完，就累得喘不上來。平常唧唧要說話，有聽差們代替他說，倒也不覺著費力。現在是跟爸爸回話，就非親自動嘴不可。

叭哈又說：

「開運動會的時候，要是你賽跑跑得好，薔薇公主就會看上你，你就可以和薔薇公主訂婚了。」

唧唧真快活。唧唧想要笑，可是笑不動。唧唧對聽差們打了一個手勢，意思是說：

「來呀！我要笑了。」

於是第一號聽差和第二號聽差把唧唧的臉拉開，唧唧才能夠笑一下。

過了一會，唧唧又打了一種手勢，意思是說：

「來呀！我要唱歌。」

唧唧要唱歌，也是用不著自己煩神的。於是第三號聽差代替唧唧唱起來：

「三七四十八。
四七五十八。
爸爸頭上種菊花。
地板上有蟲子爬。
薔薇公主吃了十個大南瓜。」

叭哈拍手說：

「唧唧的歌唱得真好！」

叭哈和唧唧都很快活。到了放寒假的時候，唧唧就更快活了，因為唧唧考了第一。還有一件快活的事，就是皇家小學校要開運動會了。叭哈說道：

「唧唧賽跑準也得第一。」

第十三章　兩種賽跑

到了開運動會的那一天了。

運動會場裡非常熱鬧，有許多許多人來看。叭哈一早就到了運動會會場。叭哈很快活，時時刻刻拉開了嘴笑著。國王也來了。看運動會的人太多，老有人不小心踏著了國王的鬍子，國王就哭起來。薔薇公主今天穿的衣裳更美麗了，大家都看她。她那二百個女衛隊都站在她後面，只要她把腦袋輕輕一點，她們就跑上去給她拍粉，給她搽胭脂。

薔薇公主照照鏡子，笑道：

「今今今天真好，好！好！好！好玩呀！」

這時候包包也走進來了。包包自從那天到叭哈家裡去過一次以後，就天天打粉搽胭脂。所以今天包包也打上許多粉，搽了許多胭脂，臉上又淌了汗，臉上就有紅的，黑的，白的，非常美麗。包包穿著很好看的水晶鞋子，身上穿著大禮服，這大禮服是洋鐵做的，一點皺紋都沒有。

唧唧一看見包包就叫起來：
「包包先生！」
唧唧胖了，包包不認識唧唧了。包包說：
「您是誰？」
「我是唧唧。」
「我不認識唧唧。」
「我就是天使送下來的。」

包包快活得兩個耳朵都翹了起來，叫道：
「啊，這可找到您了！我上您家去過好幾次，我說，『我來拜訪你家大少爺。』可是你家門口的狐狸先生老不讓我進去。我寫信給您，也給退了回來。我越想越傷心，難道您把我忘了麼？」
「我可忘不了你。」
「那您得報答我呀。」
說呀說的，忽然前面有人吵嚷嚷的。原來是紅鼻頭王子把一個老年人的帽子抓走了，那老年人剛一嚷，王子就拳打腳踢，那老年人的胸口上出了血。那個老年人喘著說：

「你偷人帽子還打人！你還打人？」

王子叫道：

「把這個老頭兒抓走！」

這就有三四個巡警把那個老年人抓住，拖到了包包跟前，因為包包是管這種事的官兒。巡警對包包說：

「這個老頭和王子打架。老頭打了王子：老頭用胸口打了王子的拳頭和腳尖。」

包包就問老年人：

「你為什麼要用胸口打王子？」

老年人嚷：

「我沒有打王子，是王子偷我的帽子，還打我……」

「好，你既然打了王子，我就得罰你。」

老年人叫了起來：

「是王子打我呀。你該罰王子，不該罰我！」

包包點點頭說：

「不錯，今天薔薇公主很美麗。今天薔薇公主既然很美麗，所以我得罰你。」

老年人發起急來，叫道：

「你沒聽見麼，我說我沒打王子！」

包包又點點頭：

「是的，唧唧少爺長胖了，因此一定要罰你。你不知道今天是皇家小學校開運動會麼？所以我得把你關起來，關你一個月。你下次不許打人。」

那三四個巡警就把老年人抓去關起來了。

包包對唧唧說：

「好了，事情辦完了，我們再來談談我們的話吧。唧唧少爺，您一定會報答我麼？」

唧唧答道：

「我一定報答。」

包包就對唧唧鞠一個躬：

「您真是個好人。現在國王陛下來了，現在請您對叭哈先生說，要叭哈先生去和國王商量商量。叭哈先生可以對國王說：『您叫包包做大臣吧。』就成了。」

「好。」

唧唧就去對叭哈先生說了。國王馬上就叫包包做了大臣。

包包又對唧唧鞠躬：

「我真感謝您。好了，我現在是大臣了，我很願意為叭哈先生和您服務。國王是聽叭哈先生的話的，國王也是好人。唧唧少爺，您可真是我的好朋友啊，我們……」

包包的話還沒有說完，忽然有一位體操老師跑過來，叫唧唧：

「唧唧，快去快去！要賽跑了。」

唧唧對包包說了一聲「再會」，就由聽差們抬著到運動場去了。

這次賽跑是五米賽跑。參加賽跑的一共是三個：一個是唧唧，還有一個是烏龜，還有一個是蝸牛。

一，二，三！唧唧，烏龜，蝸牛，就拼命跑了起來。

叭哈在旁邊拍手：

「唧唧，快趕上去呀，快趕上去呀！」

包包也叫：

「快跑呀，快跑呀！唧唧少爺加油呀！搶第一呀！」

另外有人喊著：

「烏龜趕上去了！」

運動會場裡的人都拍起手來，都叫起來。

「已經跑了一米了！趕快呀，趕快呀！」

「跑呀，加油呀！」

烏龜伸長了脖子，拼命地爬，背殼上油亮亮的，好像出了汗似的。唧唧用了全身的力，想要趕到烏龜前面去，唧唧張著嘴，又重又厚的下巴肉就掛了下來，一晃一晃的。蝸牛也非常努力，把兩根觸角伸得長長的，用勁地往前面奔。

所有的觀眾都擁來看這五米賽跑。大家都拍著手叫著。跑了三個半鐘頭之後，大家更叫得厲害了。

「只有一米了！只有一米了！」

「蝸牛快趕上去呀！」

「唧唧，努力呀，努力呀！」

「烏龜別放鬆呀，拼命呀，拼命呀！」
「用力跑呀，努力呀，跑第一呀！」
薔薇公主也叫道：
「唧唧唧唧唧快跑，跑！跑！跑跑跑跑跑跑跑跑跑……」
薔薇公主叫得透不過氣來，就昏倒了。包包馬上去請來了十位醫生，才把薔薇公主救醒過來。薔薇公主一醒來就又叫道：
「唧唧唧快快快……」
叭哈和包包也拼命拍著手，叫唧唧快跑。
國王又是笑，又是叫：
「唧唧一定第一！唧唧一定第一！」
親王坐在國王的旁邊。親王拍著手，不小心扯住了國王的鬍子，國王就哭了。
親王說：
「你真愛哭！」
「我的尊嚴被觸犯了，我怎麼能不傷心！」
可是一會兒，國王把眼淚揩乾又叫起來：

「唧唧起碼第二，起碼第二！」

又跑了兩個鐘頭，跑到了。大家拍手拍得更響了。看賽跑的人太多了，看不明白誰跑第一。

「誰呀？」

等了一下，有人掛出一塊牌子來，牌子上寫著：

五米賽跑

第一——烏龜

第二——蝸牛

第三——唧唧

一共跑了五小時又三十分

破全世界紀錄！！

大家又大叫起來，拍著手。

國王叫道：

「唧唧是第三呀，真不錯呀！」

叭哈高興得要把唧唧摟起來，可是摟不起，兩個人的肚子都太大了。

「唧唧，我更愛你了，」叭哈說，「你跑第三，真不錯。」

有許多人跑來給唧唧慶賀。薔薇公主對唧唧說：

「唧唧跑跑跑跑跑第三，唧唧我我我真愛，愛！愛！愛愛愛……」

薔薇公主又昏過去了。那些醫生趕緊把薔薇公主救醒，薔薇公主才把剛才那句話說完：

「愛愛愛，愛！愛！愛你呀！」

唧唧對薔薇公主說：

「你真美，連鱷魚小姐也比不上你。」

叭哈先生說：

「你就同薔薇公主訂婚吧。」

大家叫道：

「恭喜！恭喜！唧唧和薔薇公主訂婚了！」

包包說：

「我用大臣的資格，來恭賀唧唧少爺和薔薇公主訂婚。」

國王拍拍唧唧的肩膀道：

「你真是我的好女婿。你又漂亮，又胖，功課又好，又會賽跑，又是大富翁。」

薔薇公主微笑起來——她向來很莊嚴，老是繃著個臉，可是這會兒她也微笑起來了——說道：

「我我我真快快快，快！快！快樂呀！」

可是紅鼻頭王子忽然哭了：

「你們大家都有人愛。可是我沒有人愛。」

「紅鼻頭王子呀，我愛你！」

誰說話呀？大家一看，原來是鱷魚小姐。

王子大叫起來：

「不用愛了！不用愛了！」

說了趕緊就溜。

鱷魚小姐趕緊就追。一面還拿出小鏡子照著自己的臉打粉，一面說：

「不管三七二十一，我是要愛你的！」

王子一面逃，一面哭著問道：

「即使是七九六十三，你也非愛我不可麼？」

「哪怕八九七十二，我也得愛你！」

王子哭道：

「那真沒有辦法！」

王子就跑得更快了。鱷魚小姐也追得更加起勁。

運動會場的人都拍著手叫起來：

「快跑呀，看是誰跑第一呀！」

「紅鼻頭王子呀，」鱷魚小姐說，「你好好想一想吧！你無論跑到哪裡，我總是要追你的。你還不如愛了我倒省事些。」

王子喘著氣答道：

「真不好辦！那麼我現在跟你約定一句話吧：你要是追上了我，我就愛你。」

鱷魚小姐高興極了，就跑得更快了。王子跑得疲倦起來，跑不動了。啊呀，快要追到了！

「快跑呀，快跑呀！」大家叫。

可是鱷魚小姐離王子只有兩步了。鱷魚小姐拼命向前面一跳，就追上了王子。鱷魚小姐對王子說：

「怎麼樣？你服輸了沒有？」

王子流下了眼淚，嘆了一口長氣：

「唉，真是沒有辦法。算我倒楣。」

皮皮勸王子：

「你就和鱷魚小姐訂婚吧。她其實也是個貴族出身呢。陪嫁也很不錯。」

大家又拍手，叫起來道：

「今天真是好日子，又開運動會，又有四個人訂婚。」

叭哈非常快活，老是張開兩片厚嘴唇笑著。可是叭哈同唧唧回家之後，起士很慌張地對叭哈說：

「叭哈先生，不好了！四四格先生被人打死了！第二四四格也被人打死了！」

叭哈大吃一驚：

「啊呀！怎麼回事？兇手抓到沒有？怪物為什麼不去抓人呢！」

「怪物去抓人來的，抓了幾個吃了。還有許多兇手跑掉了。這可真是不幸！

可是不要緊，四四格還有的是。現在咕嚕公司還是好好的。第三四四格在那裡管理咕嚕公司呢。」

過了幾天叭哈同幾個朋友開了一個追悼會，追悼第一四四格和第二四四格。唧唧也到了追悼會，唧唧還演講呢，——當然是聽差們代替他講，講完之後，唧唧對聽差們打了一個手勢，意思是說：

「我要哭了。」

聽差們就把唧唧的嘴扳開，讓唧唧哭了一場。大家也都哭了起來。後來叭哈一聲號令：「一二三！止哀！」大家才擦乾了眼淚回家。

到了過年的時候，王子和鱷魚小姐結婚了。叭哈和唧唧去吃了喜酒。鱷魚小姐結婚之後很快活，可是王子不大快活。鱷魚小姐是在皮皮公司當經理的，很有錢，鱷魚小姐把她的錢分一半給了王子，王子這才高興起來。

寒假完了，皇家小學校開學了。唧唧就像從前一樣，每天去上一堂課。小林寫一封信給哥哥，正是那個時候。可是唧唧沒有收到小林的信。

第十四章 不幸的事

叭哈常常想起四四格，就傷心起來。四四格是被人打死的，說不定有一天叭哈也會被人打死，所以叭哈又有點害怕。叭哈常對唧唧說：

「想起來真可怕！說不定我會被人打死的。如果有人把鐵球對我一擲，我就完了。」

「爸爸可不會被人打死，大家全都愛爸爸。」

「我跟四四格是一樣的，都是好人。我跟四四格一樣，也愛吃雞蛋，雞蛋都是變來的。那些不聽我的話的人，我就拿臭蟲去咬他，或者叫怪物去吃他。這都是我應該做的事。人變成雞蛋給我們吃，也是我們的規矩，並不是壞事。可是四四格被人打死了。」

說呀說的叭哈就哭起來。

原來叭哈吃的雞蛋，和四四格的雞蛋一樣，都是人變的。

唧唧對叭哈說：

「爸爸，別害怕吧，有人保護你呢。」
叭哈就派一個人去叫那個怪物來，對怪物說：
「你保護我吧，你住到我家裡來。」
「是！」
怪物就住在叭哈家裡了。
可是這天晚上，竟出了一件不幸的事。
那個害病的臭蟲，一直到現在還沒有好。到了這天晚上，那個臭蟲的病忽然厲害起來。叭哈把全世界最著名的醫生都請來給臭蟲看病，可是那些醫生都搖搖頭說：
「他的病不會好了，他一定得死。」
到半夜十一點鐘，那個臭蟲就死了。
叭哈嘆氣道：
「這個臭蟲是我最愛的，唉，我悲哀極了！明天得給這臭蟲開一個追悼會。」
叭哈覺著身體有點不舒服。他吩咐起士：
「明天一定要給那臭蟲開一個追悼會，你趕快給他們預備。現在我想睡了。」

於是起士叫全家的人預備明天的追悼會。全家的人都知道死了一個臭蟲要開追悼會，連廚房裡的幾個廚子都知道了。

有一個年青廚子說：

「明天要開追悼會了呢，追悼一個臭蟲。」

旁邊有一個老廚子說：

「叭哈只愛臭蟲。臭蟲死了還得開追悼會。可是我們呢？我們死也好，活也好，叭哈全不放在心上。」

這個老廚子一面說，一面捧一盤生雞蛋到鍋子旁邊去。走著走著，忽然絆住一個什麼東西，幾乎摔了一跤。一看，原來是個鐵球。老廚子嚷道：

「誰把鐵球擱在這裡！」

老廚子就把那個鐵球踢開。

旁邊有一個火夫嘆了一口氣：

「我情願做臭蟲。做臭蟲可幸福呢。」

老廚子只顧自言自語：

「臭蟲死了也要開追悼會！呸！」

老廚子生了氣，把那盤雞蛋狠狠地往桌子上一放，——放得太重了，就有一個雞蛋滾了下來。

啊呀，打碎了一個雞蛋！

那個雞蛋滾下來，正打在那個鐵球上。雞蛋一給打碎，忽然就變成了一個人。這個人馬上拾起鐵球，把盤子裡的雞蛋都打碎了，都變成一個個的人，有男的，有女的，都從盤子上跳下來，——他們一共十二個。

廚子們都嚇得什麼似的，馬上就跑，可是都被那十二個人拽住了。那十二個人問廚子們：

「你告訴我們，叭哈現在在什麼地方？」

廚子們嚇得直哆嗦，說不出一句話來。

「快說！叭哈在哪裡？」那十二個人問。

老廚子結結巴巴地說：

「叭哈大概——恐怕——也許睡了。」

「領我們去！」

「你們是誰？」年青廚子大膽地問他們。「你們究竟是叭哈的朋友，還是叭哈的對頭？」

「我們被叭哈壓榨了一輩子，現在叭哈居然還要吃掉我們。你說是朋友還是對頭？」

廚子們這才明白，叫道：

「好，走吧！我們帶路！」

那十二個人拿著鐵球，讓廚子們給領到叭哈臥室裡去了。那十二個人看見叭哈的肚子像山一樣高，蓋著一床很厚的被，是一張張的鈔票綴成的。那十二個人一擁進叭哈的房裡，叭哈就醒來了。叭哈一看見跑進了十二個人，還有一個鐵球，就大叫起來：

「不好了，救命呀！」

那十二個人對叭哈說：

「你認識我們吧？我們給你做苦工，臨了還要被你吃掉。打死你這野獸！」

「這是規矩呀，」叭哈叫道。「你們為什麼要罵我呢？」

「我們還有許多許多弟兄，你把他們都關在哪裡了？快說！」

「沒有，沒有。他們都還好好的，在那裡做工呢。只有你們十二位——我真抱歉得很，我一時大意，就把你們變成了雞蛋……」

「撒謊！你說不說？你說不說？」

叭哈又叫起來：

「救命呀！怪物快來呀！」

忽然地震了，那個人不像人獸不像獸的怪物跑來了。

那十二個人聽見怪物跑來了，趕快就把鐵球對叭哈先生的頭擲過去，然後一二三！十二個人分開了往外面跑。怪物追那十二個人，有五個人跑得慢一點，被怪物抓去吃了。其餘的不知道逃到什麼地方去了。幾個廚子躲不及，被怪物踏死了。

全家的人都大吃一驚，跑過來看叭哈。唧唧知道叭哈被打，就立即要跑過來看，可是全身發軟，一步也挪不動，幸虧怪物把他一背，背到了叭哈的臥室裡。

叭哈還沒有死，不過受了重傷。

有五千位著名的醫生在叭哈的床旁邊，給叭哈看病。醫生說：

「很危險，很危險！」

醫生說了之後，就拿一碗麵粉，把叭哈的傷口糊起來，再拿一張紙貼在上面，紙上寫著：

「血會止的。

不止就會死的。

不死總會活的。」

「爸爸這個病會好麼？」唧唧問醫生。

有一個醫生是全國第一的，已經一百二十五歲了，他答道：

「你爸爸的病準會好。不管你爸爸會活會死，這個病準會好，你放心得了。」

過了一會，國王帶著紅鼻頭王子、鱷魚小姐、薔薇公主，來看叭哈。接著包包大臣和親王也來了。後來皮皮也來了。

叭哈對唧唧說道：

「我要死了。我死了之後，你馬上就同薔薇公主結婚。我有一座玻璃宮在海濱。我從前是在玻璃宮裡結婚的，所以你也得到玻璃宮去結婚，這是規矩。我死了之後，你就跟薔薇公主坐火車到海濱玻璃宮去結婚。我所有的家產，都給你們。

你是我的兒子，你要跟我一樣做人。國王是我的好朋友，國王也會相信你的話的。怪物也會聽你的話的。包包是你的好朋友，包包現在做了大臣，包包也可以幫助你。唧唧，你記住，你是我的兒子，你一定要跟我一樣的做人。」

叭哈先生說完，忽然就死了。

唧唧馬上對聽差打一個手勢，意思是說：

「我要哭了。」

聽差們把唧唧的嘴扳開，唧唧就大哭起來。

那一百二十五歲的老醫生拍手說：

「好了好了，叭哈先生的病已經好了。我說過：『叭哈先生的病一會好的。』」

薔薇公主答道：

「是是是的，我我我們就要結結結，結！結！結結……」

薔薇公主昏了過去。

包包對唧唧說：

「好了，您要結婚了，恭喜恭喜！唧唧，您現在是世界第一大富翁了。」

第十五章　火車司機

起士把叭哈葬了，又開追悼會，又要籌備唧唧同薔薇公主結婚，整整忙了半年。國王和包包大臣常常來給他們幫忙。

把所有的事情弄好之後，唧唧就同薔薇公主到火車站上去，要坐火車到海濱的玻璃宮去結婚。國王也同去。王子和鱷魚小姐也同去。怪物也跟著他們走，為了保護他們。另外還帶了二千個聽差，八百個廚子。起士要管家裡的事，不能去。親王和包包也有事，不能去。

唧唧他們到了火車站，有幾百個人來送行。包包、皮皮、親王，都來了。熱鬧極了。

包包大臣叫道：

「沿路都要小心！現在窮人太多了。祝你們一路平安！」

國王說：

「有怪物和我們在一起，一路自然平安。」

包包大臣拍拍唧唧的肩膀：

「恭喜您呀。我永遠是您的好朋友。」

「我忘不了您。」唧唧說。

親王走過來對唧唧說道：

「我幫了您許多忙，您也別忘了我從前有個國王他有三個兒子後來國王老了就叫三個王子到外面去冒險後來三個王子都冒過了險回來了後來國王快活極了後來這故事就完了親王呀。」

「我不會忘了您的。」

唧唧一面說，一面上了火車。

這一列火車是專車，除開唧唧他們這些人以外，沒有別的乘客。另外還掛了二十節貨車，都是唧唧他們的行李。

火車頭還沒有接上，正在旁邊一條鐵路上慢慢開過去。火車司機伸出頭來往外看一看，鐵路旁邊一個工人就招呼他：

「小林！你好呀！」

「大叔，您好呀！」

「小林！你知道不知道你這回拖一些什麼貨色？有一個怪胖子呢。」

「可不是！我也聽說了，可是還沒親眼瞧見呢。」小林說了，又掉轉頭來向著鍋爐那邊叫：

「喬喬，你瞧見了沒有？」

「沒呢，」一個女孩子說。「我只聽說那個胖子起碼有八百斤重……」

他們這麼嚷著的時候，火車頭恰恰在唧唧坐的那一節車廂旁邊慢慢開過去。唧唧只聽見有人喊「小林」，他就想道：

「小林……小林……呃呀，這個名字好熟呀！」

這個什麼小林，一定是在什麼地方見過的，可是他再也記不起來了。唧唧自從當了大少爺之後，就沒有怎麼動過腦筋，無論什麼事都有別人替他想。現在叫他記起什麼來，叫他想起什麼來，可就不大容易。

「小林……」唧唧又忍不住要在心裡念一遍。他彷彿記得這個什麼小林和他有過一點什麼關係似的。

「到底是什麼關係呢？」唧唧想。可怎麼也想不起來了。

一會兒唧唧就打起鼾來，可是嘴裡還嘟囔著：

「小林……小林……」

皮皮正好坐在唧唧旁邊，聽見了。

「什麼？你幹麼說起小林？」皮皮問唧唧。

「你知道這個人麼？」唧唧問皮皮。

皮皮叫起來：

「我知道這個小林！我知道！這不是一個好傢伙。他從小就很壞，他偷了咕嚕公司的貨品出去賣，還是包包審判的呢。有人說，第一四四格和第二四四格是小林他們打死的，不過沒有證據。你爸爸被害，一定也和小林有關係。」

唧唧只要一提起四四格和他爸爸被打的事，就嚇得全身發軟。他說：

「嚇呀，那可是個兇惡的敵人！」

他們正在這裡談話，忽然聽見外面月臺上有人吵鬧，有王子的聲音：

「不行！不行！不行！」

坐在車廂裡的人都不在意，以為總是王子順手拿了別人的什麼東西，——這是常有的事，沒什麼稀罕。可是外面越鬧越厲害了，還聽見了站長也在那裡嚷什麼的。

「別吵，別吵！」站長搖搖手叫大家靜下來。「王子說不行，那就不行。」

「問國王去！」許多人叫了起來。

於是站長跑來見國王，告訴國王說：

「事情是這樣的。海濱正在鬧饑荒，這裡有人募集了一些糧食，裝了四節車廂，要運到海濱去。老百姓都要求把那四節糧食車掛在這一列車上拖去。可是這一列車已經夠重的了，不能再掛了。火車司機就說：『那麼可以卸下四節行李車來，等下一次車再運。先運糧食。』王子說：『不行！』現在請國王說一句話。」

國王可也沒有主意：

「我說什麼好呢？這條鐵路是唧唧的，火車也是唧唧的，我怎麼能做主呢？」

站長只好去問唧唧，看是不是可以取下四節行李車，下次再運。

這時候，火車司機從車窗外面插嘴道：

「海濱的莊稼漢把樹皮都剝來吃了，你知道麼？這糧食得趕緊運去！」

唧唧聽見那個司機說話，就暗自納悶：

「這個聲音好熟！是誰呢？」

原來那個司機就是小林。不過唧唧想不起來了。

這時候王子嚷了起來：

「糧食慢點運去有什麼要緊！那些行李車才重要呢。那尾巴上四節車裡，全是薔薇公主的胭脂和香水和香粉，耽誤了可不行！」

薔薇公主這回特別注意別人的話，就委委屈屈地哭道：

「啊呀呀我的香香香，香！香！香粉！……」

薔薇公主昏了過去。

這可了不得！大家都亂成一片。有二十位醫生擠在薔薇公主身邊，把她救醒。

唧唧就連忙下命令：

「不許卸下薔薇公主的香粉車！」

於是國王對站長下了命令：

「不許卸下薔薇公主的香粉車！」

於是站長對小林下了命令：

「不許卸下薔薇公主的香粉車！」
小林和喬喬走到了站長面前，小林問：
「這個命令是你下的麼？」
「是我下的。怎麼著？」
「糧食不運了麼？」
「你管不著！」站長說了就走。
「我問你，」喬喬跟著站長走。「還是香粉香水要緊，還是救災的糧食要緊？」
站長不理，只是走。喬喬老是跟著問著。站長火了，嚷道：
「關你們什麼事！你們服從命令就是！叫你們怎麼著你們就怎麼著！」
小林也叫起來：
「那我們不幹！不讓我們運糧食，只叫我們運這一列車廢物，那我們不幹！」
「我們不幹！」喬喬也嚷。「我們要給老百姓運糧食！」

小林和喬喬說了就走了。他們回到機車上，把機車開走，再也不來理會這一列漂亮講究的專車了。

站長橫眉怒眼地看著小林和喬喬走開。

「哼，非處罰你們不可！」站長嘟囔著。「你不幹，有什麼了不起！我找別人來幹！」

站長就下命令，要調別的機車來。

可是別的機車上的司機都和小林一樣，不肯幹。調來調去都調不動。

「唉呀，這可怎麼辦呢？」站長著了急。

皮皮說：

「不要緊！唧唧少爺有的是錢，只要多出幾個錢，不怕沒有人來。」

車站上就貼出一張佈告，說是誰肯來開車，就加工錢，另外還發五十金元做賞金。

等了好半天，沒有一個司機肯來的。

唧唧發怒了：

「這些工人真可惡！叫怪物把他們全都吃掉！」

王子立刻贊成：

「這可是一個好主意！我就去喊醒怪物。」

原來怪物躺在兩節貨車上，呼嚕呼嚕地正在那裡打鼾呢。

可是鱷魚小姐拉住了王子：

「你這傻瓜！要是把工人全都吃掉，誰來給我們做事呀？」

「那怎麼辦呢？」

正在這時候，薔薇公主又昏過去了。大家又忙著要救醒公主，又忙著要找開車的，月臺上亂糟糟的。

怪物給吵醒了一下，翻了一個身，把整個車廂都震得搖晃了一陣，又睡著了。

皮皮忽然想出了一個辦法，就去推醒了怪物，說道：

「快起來！你去嚇嚇那些工人，說『你們要是都不肯來開車，我就都把你們吃掉！』叫他們趕快聽話，聽話的不但不吃，而且還可以領賞金。」

於是怪物打了個呵欠爬起來，到處嚷去了。唧唧他們坐在那裡等著，心裡焦急得很。

過了三個鐘頭，怪物垂頭喪氣地回來了，搖搖頭說：

「不行。他們誰也不來。我一個也沒找著。」
站長也忙得滿頭大汗。站長又去找唧唧請示：
「唧唧少爺，怎麼辦呢？要是不把香粉車卸下來，不把糧食車掛上去，那就沒有一個工人肯來開車。是不是可以問一問薔薇公主……」
剛一提到薔薇公主，薔薇公主又特別注意，她嚷了起來：
「你們太不尊尊尊，尊！尊！尊重我……」
嚇得唧唧趕快對聽差們打了一個手勢，聽差們就對公主下了跪：
「誰敢不尊重您呀！您的行李是神聖不可侵犯的，誰也不敢挪動。因此您可以放心，用不著再昏過去了。」
薔薇公主考慮了一下，這才答允：
「好吧，那我同意，這一次就不發發發，發！發！發昏就是。」
「感謝公主！」
雖然公主同意不發昏，可是問題還沒有解決。皮皮說：
「我早就說過啦，小林他們都不是好人。他們都不是我們自己的人。」
「我們也有我們自己的人，」唧唧想了好一會，想出了這麼一句話來，「怪物就是我們自己的人。」

怪物聽見了，鞠一個躬，說道：

「不錯，我是您最忠心的奴隸。」

唧唧就對聽差們打了個手勢，意思是說：

「叫怪物想法子把這一列車開走！」

「遵命！」

怪物毫不遲疑的就去開車……說是「開車」，那可有點不對。怪物並不會開機車，——而且這一列車子根本就沒有火車頭。可是怪物有的是蠻力，他可以把這一列車子推走。他這就挽了挽袖子，請大家上車坐好，他走到列車後面，使勁一推。

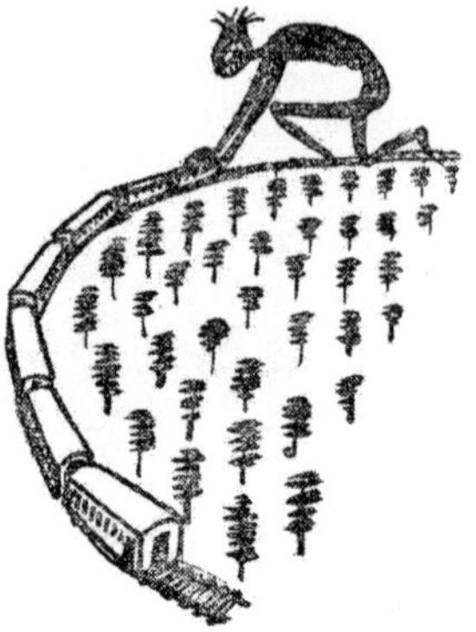

這一列車子空隆空隆一陣響，就給推走了。

「好了好了，」王子高興得叫起來。「還是怪物好，又可靠，又會開車。」

怪物聽見王子誇他好，他推得更起勁了。列車給推走了十公里，怪物又追上去，又一推。這樣幾推幾推，就推走了一百二十公里，推上了山——過了這座山就是海濱了。

這一列車子剛剛滾到山頂上，怪物又拼命一推。

於是列車飛似的溜下坡來，簡直停不住。

「啊呀，危險！」鱷魚小姐叫。

可是車上沒有一個工人。車上的人誰也不懂得怎樣煞車。怪物也不懂，他看見列車跑得那麼快，他還高興得哈哈大笑。

誰也看不清這列車是不是在軌道上跑，因為它溜得太快了，就好像臨空拋下來似的。

前面是海！

海濱有許多做官的，有許多紳士，有許多巡警，都是來迎接唧唧和國王他們的。現在看見列車一直不停地往海那裡衝，就都慌得嚷起來，可是誰都沒有辦法，誰都不敢走攏去。

列車飛跑著，飛跑著——嘩啦！掉到海裡去了。

唧唧和薔薇公主和國王和紅鼻頭王子和鱷魚小姐和許多許多人，都掉到海裡去了。

那許多官兒和巡警站在碼頭上發愣，一下子不知道要怎麼辦。
海面上出現了許多水泡，像大大小小的珠子一樣。

第十六章　海

這裡是一個深水港。現在又正是漲潮的時候。碼頭上那許多官兒和紳士就議論起來，看應該怎麼辦。

海濱市長叫做平平，是包包大臣的哥哥，是一位很有學問的官兒。

他首先發言：

「依我看來，國王陛下和唧唧少爺都掉在海裡，而假如我們不去救，那是不十分妥當的。為什麼呢？第一，因為國王到底是國王，唧唧少爺到底是少爺，他們坐在海裡是不是感到很舒服，那是值得懷疑的。第二，海裡恐怕不大衛生，空氣也不好，——更何況那裡根本沒有什麼空氣！」

「是，是。」別的官兒們都點頭。

「所以我認為，現在最好是大家來研究一下。研究什麼呢？就是研究這麼一個問題：把國王陛下和唧唧少爺從海裡請出來，是不是要比讓他們留在海裡更好些呢？」

這個問題可很複雜，許多官兒都弄不清平平市長說的什麼。平平只好又說了一遍。

別的官兒們就都點點頭：

「是，是。」

平平市長看見大家同意了，就擺一擺手，宣布：

「那麼，我們就來進行研究。」

有一個大個兒，滿臉的綠鬍子，他是海濱的商會會長，說道：

「你是說，要把國王打撈出來麼？」

「不是打撈。我們是請國王陛下……」

商會會長打斷平平市長的話：

「不管請也好，打撈也好，總得雇人下海裡去找，是不是？這就得花錢。」

「對，對，」平平市長馬上接嘴，再也不那麼慢吞吞的了。「難辦的就在這裡：要花錢。誰來出這一筆錢？」

「是呀，誰來出這一筆錢？」別的官兒們你看看我，我看看你。

有幾位紳士和平平市長嘰裡咕嚕了一陣。

平平市長就對大家說：

「有一個好消息：現在有四車糧食運來了，還沒有運到鄉下去。我們可以把這些糧食賣掉，就有錢了。」

「賣給我！」商會會長拍拍胸口，「只要價錢便宜一點就是。」

「那你說一個價錢。你出多少？」

「報告市長！」慈善會會長擠到平平市長面前，叫道。「那四車糧食是要救災荒的。這裡鄉下老百姓，眼下沒有東西吃，等著救濟……」

平平市長不等他說完，就擺擺手說：

「沒有關係，沒有關係。依我看來，一個人眼下沒有東西吃，那並不要緊。比如我罷，我眼下就沒有吃東西。我一直要到午餐的時候才吃呢，眼下正好讓腸胃好好消化一下。鄉下老百姓也是同樣的道理，眼下不能說吃就吃。您勸他們把那四車糧食拿來報效國王陛下吧。我們就這麼辦，把它賣掉。」

「那可不行！」慈善會會長大聲說。「要是把這四車糧食賣掉，不去救濟，那麼這裡的老百姓就會造反。老百姓造起反來你不害怕麼？我是害怕的。」

大家都不開口了。

大家看看平平市長，平平牙齒直打哆嗦，好半天說不出話來。

「唉，造反！」平平市長咕嚕著。「這玩意兒究竟是誰發明的？」

慈善會會長這就提出一個辦法來，這個辦法他已經想了好久了：

「我看，還是請大家捐錢吧。誰捐多少，誰捐多少，都把捐款交給我，我一定把事情辦好。」

「哼，您總是叫我們捐錢！」商會會長說。

「這難道對您沒有好處麼？」

慈善會會長問：

「什麼好處？」

「哈呀，這還不知道！」慈善會會長嚷起來。「捐錢來打撈國王陛下，這個錢難道是白花的麼？國王陛下從水裡給撈出來之後，還不封賞您麼？」

平平市長點點頭：

「這說得對。還是請各位紳士捐錢吧。」

商會會長可還是有點懷疑。他看看紳士們，說道：

「我們還得好好想一想。花錢打撈國王，這究竟划算不划算？」

「真的。究竟划算不划算？」

這時候海面上冒出一個腦袋來，嚷了一句「不划算！」又不見了。

岸上的人都吃了一驚。再一看，那個腦袋又冒了出來。

「啊呀，是王子！」有人叫。

的確是紅鼻頭王子。他後面跟著鱷魚小姐。兩個人泅到岸邊來了。官兒們和紳士們都恭恭敬敬把王子和鱷魚小姐迎接到碼頭上，七嘴八舌地問了許多話：

「王子殿下，久違久違！貴體怎麼樣？」

「王子殿下，您在那邊過得怎麼樣？還愉快麼？」

「王子殿下，國王是不是高興上岸來玩玩？」

紅鼻頭王子罵道：

「廢話！你們打撈國王做什麼！」

鱷魚小姐一面擦乾臉上的水，一面照鏡子，一面說道：

「國王不上岸來沒有關係，反正有人承繼王位。國王可有的是。只是富翁少不得。你們還是趕快把唧唧少爺救出來吧。」

商會會長擠過來問道：

「唧唧少爺願意出多少報酬？」

「報酬當然少不了。他錢多得很呢。」

「嗯，那可說不定！」商會會長說，「我一定要和唧唧少爺談個明白。第一，我們要把他救出來，他給不給報酬？第二，他打算給我們多少報酬？談了之後，我們再來考慮。」

「那麼派一個人到海裡去和唧唧少爺談判……」

平平市長插嘴道：

「恐怕不行。依我看來，還是在岸上談判好些，因為岸上有一種東西，叫做空氣。而在水裡面，這種東西可就不免缺乏。因此之故，在水裡面談起話來，就也許會引起某種不愉快的後果。」

「怎麼？把唧唧少爺請到岸上來談判麼？」商會會長問。「那就是什麼報酬也沒有談好，倒先把他救出水來了。那不上算。」

「那怎麼辦呢？」

鱷魚小姐說：

「那可以把起士請到這裡來談判。起士是唧唧少爺的總管家，可以代替唧唧少爺做主。」

「好，立刻打一個電報給起士吧。」

於是平平市長馬上把電報拍去了。電報是這麼寫的：

「真糕唧海撈趕。」

這是什麼意思？原來意思是：

「真是糟糕得很！唧唧少爺的列車掉到海裡去了，現在正要打撈。請你趕快來！」

電報費是很貴的。要是買賣談不成，倒先花費了許多電報費，那可划不來。

所以就越簡略越好。

起士接到電報之後，立刻就回了一個電報：

「電太不請再。」

這就是說：

「你們拍來的電報寫得太簡單了，看不懂。請你們寫得詳細些，再打一個電報來！」

平平市長拿著這封回電，讀了半天，只是搔頭皮。許多很有學問的紳士也都來研究這封電報，把每個字都查了字典，然後大家討論著：

「究竟起士會不會到這裡來？」

商會會長可很性急，說道：

「管他呢！起士不來拉倒，就讓唧唧少爺在海裡多待一會。可是那一列車子總還值幾個錢，我們應該首先把它打撈出來。」

「那又得花錢！」平平市長叫。

「我來花錢！」商會會長把手一舉。「誰花錢打撈，誰就撈得到好處。」

鱷魚小姐叫：

「我也來入股！」

另外還有幾位官兒和紳士也都嚷著要入股。一會兒就把本錢湊齊了。

這些官兒們和紳士們正在這裡討論的時候，海裡有許多人已經浮出來了。岸上有一些水手，就自動放船出去救人。還有一些會潛水的人就潛到海裡去。

商會會長一看見，就著急地叫道：

「別救人！別救人！先打撈東西要緊！喂，你們快上這兒來，我雇用你們，我來指揮你們。」

可是那些水手和潛水夫都沒理他。

唧唧的聽差和廚子，有許多已經給救出來了。

有些人可已經淹死，像國王，像薔薇公主……

鱷魚小姐一聽說薔薇公主死了，就哭起來：

「唉唉，天下第一美人沒有了。現在只有天下第二美人了。」

「天下第二美人是誰？」平平市長問。

鱷魚小姐住了哭，看看平平市長，格兒一笑：

「哎喲你這個人！明明看見了，還要問！」

說到這裡，忽然尖聲叫道：

「別跑！你上哪兒去？」

原來她看見紅鼻頭王子跑掉了。她撒腿就追，一面嚷：

「哪兒去？你說一聲兒呀！」

王子還是不住地跑著，嘴裡答道：

「我得趕緊回京城去。王位沒有人可不行。」

官兒們就都恭恭敬敬鞠躬，等王子和鱷魚小姐跑遠了，才直起腰來。

商會會長還在碼頭上跑來跑去，嚷個不停。可是那些人都還忙著在海裡找人。

平平市長問：

「為什麼唧唧少爺還不上岸來？你們下去見著他的時候，替我問候問候他吧。並且勸他上岸來——這裡比較乾燥些。」

可是那些潛水夫在海裡沒找著唧唧。兩天兩夜之後，那些掉下海的人都有了下落，可就是沒找著唧唧。

後來那一列漂亮講究的車廂也給打撈出來了。

唧唧——還是沒有影子。

紅鼻頭王子這時候已經做了國王。這位新國王派了許多人去找唧唧。一面還要去登廣告尋人，這位新國王就親自拿一張紙過來，打算親自寫上「尋人」兩個大字。他寫好了「尋」字，可忘了「人」字怎麼寫。恰好包包大臣正坐在對面，國王就問：

「包包，『人』字怎麼寫呀？」

包包大臣拿起筆來，就在「尋」字旁邊寫了一個「Y」字——因為包包大臣坐在對面，所以「人」字是倒的。

那個廣告是請一位詩人做的：

尋　Y

胖子胖，
走起路來晃一晃，
下巴上的肥肉五寸長：
誰尋著了——

賞他珠寶一萬兩。

許多巡警，許多探險家，都在那裡找唧唧。可是總打聽不出他的下落。

唧唧到底上哪裡去了呢？

第十七章　「我真想吃！」

那天那一列列車掉到了海裡，唧唧就糊里糊塗亂爬一陣，不知道怎麼一來，爬出了車廂的門。

唧唧的身子慢慢地往上浮，往上浮。快要浮出水面了，忽然一個浪頭一打，唧唧的腦袋又往水裡一沒。剛要伸頭，又是一個浪。這麼幾下子，唧唧就越滾越遠了。

唧唧打個手勢要喊聽差。手那麼一動，身子失去了平衡，又往水裡一沉。

可是唧唧心裡一點也不怕，他想道：

「我怕什麼！反正我有錢。」

這是叭哈教給他的。叭哈對唧唧說過：

「只要有錢，什麼事都可以辦到，什麼也不用怕。」

還有皇家小學校的幾位國語老師，常常給唧唧講故事，也講到做富翁的好處。

有一個故事，叫做有錢買得仙人膽，那可講得更明白。連仙人的膽都可花錢買到，你看！

這些故事是怎樣的？請唧唧講講看，好不好？

那辦不到。這些故事唧唧聽是聽過，而且聽過不止一次，可是他一個也沒有記住——並不是沒有記住，是他用不著親自來記住，因為有聽差們替他代記。誰要是愛聽他講，那他只要對聽差們打個手勢就是了，意思是說：

「我要講個故事！」

聽差們就有頭有腦地講了起來，講得生動極了。第二天許多報紙上都登出了消息，說唧唧是一個頂會講故事的人。第三天就有許多紳士請唧唧去演講，題目叫做怎樣才可以把故事講好。

現在——唧唧可是在海裡，身邊一個聽差也沒有，那怎麼行？

唧唧雖然不用親自去記住這些故事，雖然已經忘記了這些故事的情節，可是唧唧卻受了很大的影響：唧唧自從聽了這些故事以後，就更熱愛金錢，更想要多撈些金錢了。

唧唧仍舊被海浪卷得一翻一滾的。腦袋一時沒到了水裡，一時又冒出水面來。

身子就這麼越簸越遠。

「我上哪兒去呀？」唧唧這麼想了一下。

要上哪兒去——唧唧自己可一點把握也沒有。

可是好在唧唧的衣服上有許多許多口袋，每個口袋裡都有許多許多金元，還有許多許多鑽石和珠子。唧唧無論上哪兒，都可以用這些錢來買東西，不愁吃，不愁穿的。這一點，唧唧心裡可很有把握。

「上哪兒去都可以。」唧唧這麼想了一下。

正想著，忽然覺得這個海變了樣子，好像特別不安靜起來。唧唧的耳朵正在水裡，聽見了嘩嘩的響聲。遠遠的地方，似乎有一股大浪，洶湧地往這邊滾來——響聲越來越大了。

「真的是仙人來了麼？」唧唧想道。「是不是仙人要跟我談買賣來了？」

唧唧的腦袋剛好又浮到水面上來。他往前面一看，就發現一個黑乎乎的大東西，像一座大山崩倒了似的往這邊滾來。

這是一個大鯨。

「這叫做什麼來的？」唧唧問自己。

唧唧彷彿記得，在一堂什麼課上聽說過這個玩意兒。老師還出題目考過哩，那次唧唧考得很好——一百分，——當然是聽差們代他做的答題。現在唧唧可就簡直記不起這個動物叫什麼了。

誰知道這個鯨早就餓了。他在海裡游來游去，就忽然看見了唧唧。他就高興地說：

「好運氣！我正好吃下這個來點點心。」

他就往唧唧這邊游過來，張開大口只一吸，就連海水連唧唧都吸進了嘴裡去了。然後他又把海水從嘴裡篩出來，把唧唧吞進肚。

於是這個鯨又不快不慢地游開去了，不知道遊了多少海裡。

這個鯨吃起東西來，是不大考究的。只要有機會，遇見一些什麼可吃的東西，就連東西連海水一口吸，再把海水從嘴裡篩出來，把篩不出來的東西——魚呀，蝦呀，蟹呀，海星呀，海蜇呀——不論大小，都亂七八糟地吞進肚去，從來也不嚼一嚼，因為他的牙不頂事。

可是他生平沒有吃過像唧唧這樣的一種食品。他把唧唧吞下的時候，就覺得有一股很奇怪的味兒，不大受用。不過已經吞下肚裡了。

這個鯨一面游，一面想：

「剛才那個動物是在靠什麼過活的？怎麼會有那麼一種怪味兒？」

他就在海裡不停地散步。

可是他胃裡越來越不好受，並且還有點噁心，直想吐。

原來唧唧在鯨的胃裡，一點也沒給消化掉。

「我到什麼地方來了？」唧唧問自己。

唧唧只記得給一股大浪一推，就滾到這麼一個地方來了，什麼也瞧不見，因為四面八方都是黑的。唧唧想要爬出去，可是一爬就滑了下來。這裡還有一股很大的腥味兒。

唧唧覺得有許多什麼東西在他身邊爬來爬去，亂哄哄地嚷著：

「快走開，快走開！這個人真臭！」

「他們說誰？」唧唧想。

忽然好像大地震似的，唧唧坐也坐不住，躺也躺不穩，身子給簸得翻騰起來。身邊許多什麼小動物也直打滾。

唧唧正想要喊聽差，可是有人推他擠他似的，他身子一滑，就從鯨的胃裡滑了出來，滾到了沙灘上。

那個鯨到底嘔吐了。

那個鯨本來希望好好消化的，所以拼命散步。那個鯨雖然老覺著噁心，可是他想到唧唧那樣一種好食品，實在捨不得吐掉。他說：

「這玩意兒可有營養價值呢，應該讓它留在肚子裡。」

可是究竟不行，他消化不了。他游過一個島邊，就反了胃。這麼一嘔掉，他這才輕鬆了些，於是慢慢地又游了開去，只把唧唧丟到了這個島上。

「這是什麼地方？」唧唧想。

唧唧剛從漆黑的地方出來，陽光照得他眼睛都睜不開。

這裡空氣很好，也沒有腥味兒。有時候還有一股什麼花的香味飄過來。

唧唧打算想一想今天的事：

「我怎麼一來，就到了這裡？我的兩百個聽差都哪兒去了？今天大概發生了什麼事了吧？」

可是他怎麼也想不起了。

他只是覺得身上有點兒不好受。腿呀膀子的都沒了勁兒，臉上還冒汗。肚子裡——可格外彆扭。他閉著眼睛，仿佛看見一盤一盤油汪汪的雞，香噴噴的熏魚，還有各種各樣的糖果，糕餅……

唧唧這才猛然記起：這種現象原來叫做「餓」。

「我好像在什麼時候也餓過的。」他嘟囔著。不過他記不起了。

唧唧覺得有嗡嗡嗡的聲音，不知道是自己耳朵叫呢，還是真的有什麼蟲子。唧唧把眼睛睜開一下，就看見有一些小點子在空中飄動，不知道是自己眼花呢，還是真的有什麼東西在那裡飛。

他定睛一看，就發現那是一種昆蟲——上課的時候老師也講過的，也出題考試過，可是這號玩意兒只有他的聽差們才記得住！

「喂！」他叫，「你們叫做什麼？」

那種會飛的昆蟲理也不理他，只飛到一朵花上，鑽進去了。

「這是幹麼？」唧唧覺得有點稀奇。

一會兒那個蟲子又飛了出來，在唧唧腦頂上掠過，還掉了一點花粉在唧唧臉上。唧唧仿佛聞到了一種很好聞的味兒。

「哦，我知道了！」

唧唧忽然想起了一件事：他聽說這種蟲子會釀造一種甜蜜蜜的玩意兒，很好吃。「可是那種好吃的玩意兒叫做什麼？真的能夠釀造麼？」

這他可模糊起來。不知道這到底是課堂上聽來的，還是故事裡講到的。或者他並沒有聽到，只是一個夢……

「哈呀，我真想吃！」

他腦袋一低，又看見有許多螞蟻在地下爬。他覺得這種蟲子——細腰幹，六條腿——好像是見過的，只是忘了他的名字。

他們都忙得什麼似的，在那裡搬東西，淨是一些可吃的東西。

唧唧咽了一口唾涎，問道：

「喂，你們是哪裡的？」

「大槐國的，」螞蟻們一面回答，一面不停步地走著。

「大槐國……」唧唧在嘴裡念了一遍。他仿佛聽過這麼一個故事的。他趕緊又叫：

「喂，別那麼忙！站住！」

「幹什麼？」有一個螞蟻站住了。

「我要跟你們買點兒東西吃。」

「什麼？」那個螞蟻聽不懂。

唧唧只好親自說明：

「我餓了。我要找一點吃的東西。」

「那你自己找去就是。」那個螞蟻說了就走。

「什麼？叫我自己找去？」唧唧想不通了，「這是什麼意思？」

旁邊又有一個螞蟻告訴他：

「叫你去做工作。」

唧唧很不高興，說道：

「你知不知道我是誰？」

又有一個螞蟻瞧了他一眼，走了開去，嘴裡說著：

「管你是誰，都一樣。」

唧唧看不起地掉轉臉去：

「我可用不著做什麼工作。」

有一個大頭螞蟻走到了唧唧身邊，看著唧唧問道：

「那你是怎麼過活的？」

「反正別人養活我。」

有一個小螞蟻踅了過來，好奇地問：

「你什麼事也不幹，光讓別人做了來供給你麼？」

「那當然。」

「為什麼你可以享現成呢？」

「因為我有錢。」

那個小螞蟻沒聽懂：

「什麼錢？那是什麼東西？」

那個大頭螞蟻卻追問道：

「你的錢哪兒來的呢？」

「賺來的。」

「真奇怪！」那個大頭螞蟻看看別的螞蟻們，又問唧唧：

「怎麼賺來的？」

唧唧不回答了，只是要求：

「別多說了，趕緊給我東西吃吧，我給你們錢。」

忽然又聽見那種嗡嗡嗡的聲音了，一個小螞蟻尖聲叫道：

「蜜蜂，蜜蜂！你聽說過這樣的新聞沒有？」

蜜蜂飛得更近了，答道：

「你們剛才說的話，我已經聽見了。別理他！別讓他進窠，就像對付雄蜂那麼對付他！」

小螞蟻笑著走開了，還回頭看看唧唧，說道：

「你得對大家有點兒用處才行。」

「我不會呀。」唧唧嚷，埋怨別人不了解他。

可是那些螞蟻也好，蜜蜂也好，都不再理他了，都忙自己的工作去了。

唧唧越想越覺得委屈，他罵：

「你們這批小氣鬼！問你們要一點兒吃的東西，你們全都不給。就那麼稀罕！你們都是些窮鬼，我知道。」

那些螞蟻和蜜蜂仍舊不睬他，有的只笑一笑。

唧唧又大聲說：

「喂！你們這兒有富翁沒有？我要上你們富翁家裡去。富翁可大方呢。我一去，富翁就會款待我，請我吃烤羊腿，請我吃燒雞，還請我吃乳酪……隨我想吃什麼，都有！」

有一個蜜蜂嗡嗡地說：

「哼，他想在這兒找富翁呢！我們這兒又不是富翁島。」

「什麼？」唧唧趕緊問。「你說什麼？什麼富翁

島？」

這時候正有一個大頭螞蟻在唧唧身邊走過，順嘴答道：

「富翁島就是富翁島，那裡盡是一些富翁。」

唧唧一聽，快活得了不得：

「在哪兒？在哪兒？」

「可遠呢。」

「怎麼個去法？」唧唧問。「那兒挺好玩的吧？」

「我們不知道那兒好玩不好玩。我們誰也沒去過。」

又有一個小螞蟻插嘴：

「可是我們送別人去過。有人愛上那兒，我們就把他送去了。」

一個蜜蜂問道：

「真的，那回那個人去了之後，寫信來過沒有？」

「沒有呀，」那個螞蟻回答，「我們還跟他說來的：『你到了那邊，千萬寄一個信來，告訴我們那邊的情形。』可是他一直沒來信。」

那個大頭螞蟻說：

「準是那邊過得太好，就把我們忘了。」

唧唧叫道：

「好朋友，好朋友！你們把我也送去吧！」

於是一些蜜蜂和一些螞蟻交頭接耳地商量了一陣。一個蜜蜂問唧唧：

「你真的想上富翁島去麼？」

「當然是。」

那個蜜蜂就和唧唧談判：

「我們有辦法可以把你送去。可是有一個條件，你能依麼？」

「我依。什麼條件？」

「你到了富翁島之後，請你調查一下富翁島的出產。那裡氣候怎麼樣，有一些什麼植物，什麼花，都請你留意一下。」

「行，行。」

「你調查清楚之後，就寫一封信，告訴我們。」

「可以，可以。」

那個小螞蟻插嘴道：

「可是你別失信！上回那個人就失了信：答允得好好的，可是又不寫來。」

「我不失信，我不失信。」唧唧立刻回答。

那個蜜蜂和那個大頭螞蟻就都說，要回去和大家商量一下。

「要是大家同意，我們就拿蜜來款待你，然後再送你走。」蜜蜂說，說了就飛回去了。

那個大頭螞蟻也告訴唧唧：

「要是大家同意，我們也要款待你的。」

蜜蜂和螞蟻各自回去，和自己人商量了一陣，就各自拿出許多可吃的東西來款待唧唧。蜜蜂和螞蟻都對唧唧這麼說：

「你的食量那麼大，我們款待你一次，是很不容易的。可是請你不要客氣，要吃就得吃飽。只要你答允我們的事真正能做到，我們就很感激你了。」

唧唧就一點也不客氣，儘量吃了一個飽，把蜜蜂所有的貯藏吃掉了三分之一，把螞蟻所有的貯藏吃掉了一半。

唧唧吃到再也吃不下了，這才打了一個嗝兒，閉上眼睛，想好好睡一覺。

這時候聚集了許多蜜蜂，在空中盤旋。聚集了許多螞蟻，在地上排種種的隊形。蜜蜂們唱道：

「東風吹到了，

北風吹到了，」

螞蟻們接著唱一句：

「把這胖子吹到富翁島。」

這麼又舞又唱了好幾遍——詞兒一樣，只是調子每一遍都不同。

唧唧已經睡著了，打起鼾來了。

蜜蜂們和螞蟻們還是舞著唱著。於是就刮來了一陣風。這陣風越刮越大，越刮越大，把唧唧刮得飄起來。

唧唧給刮得飄過大海，不知道飄過多少里路，就落到了一個島上。風也停了。

這就是富翁島。

第十八章　富翁島

風把唧唧刮得飄起來的時候，唧唧就醒來了，打了一個寒噤。飄呀飄的，就看見了一個小小的島，島上有五顏六色的東西在太陽下面閃亮。

「可真美呀！」唧唧叫起來。

他剛剛說了這句話，身子就落到了這個島上。他一看就知道：

「這真的是富翁島了。」

遍地都是金元和銀元。還有閃光的鑽石。紅豔豔的紅寶石，夾著綠瑩瑩的綠寶石，扔得滿地都是。有時候一腳踏下去，就會踩著許多透明的醬色石頭——仔細一看，原來是琥珀。

有三個穿得極講究的人坐在島邊上，這當然都是富翁。有一位拿金元打水披披消遣。還有一位抓起一把把珠子往海裡扔，聽那沙沙的聲音。第三位專愛玩大玩意兒，

唧唧看見他一次搬起一塊五六斤重的翡翠扔到了水裡，咚的一聲。他們誰也不理誰。唧唧那麼個大胖子走過去，他們竟好像沒看見似的。

唧唧再往裡走，就看見有幾個富翁躺在珠寶堆裡，一動也不動。有的用金元寶當枕頭，有的把腳擱在一株紅珊瑚的丫叉上。

唧唧可真高興極了。

「這裡可好呢！不像先前那個島那麼窮。」

唧唧一想起先前那個島，就覺得可笑。他對自己說：

「真小氣！什麼大槐國的！東西又不好吃。可是他們還想要請我給他們調查富翁島上的出產呢。他們一定是想要來探險。哼，這個富翁島能讓他們來麼！」

唧唧走了幾步，就坐在一塊金磚上休息。

他看看地下，眼都看花了。他想：

「這許多金銀珠寶究竟是誰的？」

忽然他看見前面不遠，有一塊黑玉堆成的高岩，上面有鑽石鑲成的四個大字：

「都是你的」

唧唧叫道：

「不錯，不錯，都是我的！我決不讓別人來探險，決不讓別人來拿走我的東西！」

他四面看看，驕傲地站了起來。他走到一個躺著的富翁身邊，大聲問：

「喂，你是誰？你幹麼拿我的金元寶做枕頭？」

那個人一動也不動，也不吭聲。

「問你話呀，喂！」唧唧又嚷。

等了好一會，還是不見動靜。

唧唧覺得有點不對頭了：

「怎麼……？」

一摸——哈呀，冰冷的！原來那並不是個活人。

再看看那幾個躺著的。也一樣！

唧唧嚇得趕緊走開。

後來又一想，倒也不怕了，反倒放心了：

「他們既然已經死了，那就不能拿走我的財寶了。」

可是坐在島邊上的那三個富翁，卻是活著的，而且——

「而且拿我的錢打水披披玩！」

唧唧馬上向後轉，又往島邊走去。

「喂，你們這三位！」唧唧一面向他們走近，一面嚷。「幹麼把別人的錢財往水裡扔？」

他們看也不看他。只有那位扔珠子的富翁懶洋洋地回答了一聲：

「沒事幹，無聊。」

唧唧生氣了：

「這些錢財是誰的？你知道麼？」

「你說是誰的？」

「都是我的。」

「好吧，」那位扔珠子的富翁仍舊是懶洋洋的聲調，「那就算是你的吧。」

唧唧問：

「你不眼熱麼？你想不想要一點兒？」

那位扔珠子的富翁瞧了唧唧一眼，慢吞吞地說道：

「你是剛到這兒來，怪不得你這麼問。我剛來的時候也和你一樣，說這兒的財寶都是我的，生怕別人動手。現在我可不在乎了：你說是你的，就真都是你的，都拿去吧。」

「哈呀，你這位先生可真慷慨！」

那位扔珠子的富翁又告訴唧唧：

「我剛來的時候，還跟他們兩位打過架。誰都這麼說：『這島上的錢財都是我的！』我們各不相讓，就彼此吵嘴，還想要找一個地方來打官司——不過找不到。可是到了後來，我們誰也不爭執了。誰愛拿去就拿去吧！」

「那為什麼？」唧唧接著問。

那位扔珠子的富翁看看唧唧，問道：

「你今天用過飯沒有？」

唧唧回答：

「飯是沒有用過，不過吃了一點兒東西——可是一點也不好吃。」

那位扔珠子的富翁有氣沒力地點點頭：

「難怪你不知道。我老實告訴你吧。這個島好是好極了，又有錢，又有各種值錢的珠寶，島上的人也都是好人——因為全都是富翁——可是這個島也有一個缺點，你看出來了沒有？」

「沒有。什麼缺點？」

「有這麼一個缺點：沒有人替我們做活。」

「什麼？」唧唧大聲說。「我們有的是錢，還怕雇不到人給我們做活？」

「可是這個島上沒有別的動物，只有富翁。」

停了一會，那位扔珠子的富翁又問唧唧：

「你身上帶著乾糧沒有？」

「沒有。」

「唉，我現在什麼都可以不要，只要有一點點吃的就行了，哪怕一小碗稀飯也好。」

那位扔珠子的富翁說到這裡，就不再開口了，躺在珠子堆裡休息，半閉著眼睛。

唧唧在旁邊站著看了半天，想道：

「這個人說得多寒傖！難道他真的是個富翁麼？」

可是漸漸的，唧唧也覺得待在這個島上不大方便了。唧唧是吃飽了才飄到富翁島來的，暫時倒還不覺得餓。可就是渴得難受。他不知道要到哪裡找水喝。他聽說過世界上有一種人會在地裡掘一個深深的洞，就可以打那個洞裡汲水。可是那一種人兒沒有。

他彷彿記得世界上還有那麼一號人，會挖一個溝渠，從什麼地方引水來。還有自來水，據說也是什麼工人造出來的。

這些人可都沒有跟著他來伺候他。

他再看看那幾位富翁，他們也不再扔東西玩了，都躺到了金銀珍珠堆裡。

「唉，到哪裡去買一杯水來就好。」唧唧說。

還不單是想喝呢。一會兒連吃的也都想了起來。

再說，住處也很不舒服。沒有一間屋子。連洞也沒有打一個。只能待在露天下面，一天到晚日晒雨淋的。全島上沒有一張正式椅子，要坐就得坐在元寶上面或是坐在金磚上面，又冷又硬……

唧唧就這麼待在富翁島上，一天又一天。

那三個扔錢財玩的富翁已經餓死了，只剩下唧唧一個人。

「這許多錢財真的都是我一個人的了……」

唧唧暈暈乎乎地這麼想著，就趴到了金元堆裡，再也不起來了。

太陽仍舊把那滿地的珠寶照得閃亮。碧綠的海水一滾一滾的，捲起一道道白邊，嘩嘩地響著，一碰到島邊的岩石上，就散成一個個的水珠。

第十九章　喬喬和小林的消息

喬喬和小林呢？現在他們在哪裡呢？

喬喬和小林還是在機車上做工。有一天，是他們的休假日，有一位童話作家就去訪問他們。鐵路工人們都說：

「他倆在圖書館裡呢。」

童話作家一走進圖書館，果然看見喬喬和小林在那裡看童話，童話作家叫道：

「喬喬，小林，你們好呀？」

圖書館館員趕緊向他搖手。童話作家把舌頭一伸，就小聲兒問喬喬和小林：

「國王呢？國王怎麼樣了？」

小林也小聲兒說：

「哈，你就只關心國王！從前有個國王……」

童話作家臉一紅，說道：

「誰說我只關心從前有個國王！我才關心你們呢。真的，你們那天不肯開唧唧的列車，就把機車開走了，後來怎麼樣？」

「那可又是一個故事，你簡直可以寫一本書。」喬喬說，看了看小林。

「快告訴我，快告訴我。」

「別在這裡說話——妨礙小朋友們看書。」

童話作家只好不開口了。可是喬喬和小林看書看得出了神，一點也沒有要走的意思。童話作家坐在那裡，覺得很無聊，就一個人走出圖書館，找那些鐵路工人去了。

「大叔，大叔！」那位童話作家叫，「那天後來小林和喬喬怎麼樣？請你們告訴我。」

有一位年老的鐵路工人就對童話作家講起故事來。他一五一十地講，紅鼻頭王子怎樣做了國王，這位新國王怎樣把小林和喬喬抓起來關到了牢裡……

「什麼？」那位童話作家忍不住插嘴，「他倆給抓起來關到了牢裡？」

不錯，是發生過這樣的事。

為什麼要把他們關起來？

包包大臣那時候向別人解釋過：

「老國王和薔薇公主在海裡淹死了，唧唧少爺失蹤了，這都是小林和喬喬的罪過。要是那天小林和喬喬肯給唧唧少爺開列車，就不會出事了。」

另外，還逮捕了許多鐵路工人。

「因為這些鐵路工人都和小林一樣，那天不肯開唧唧少爺的列車。」那位站長這麼說。

那時候就有海濱市長平平出來做證人，證明老國王和薔薇公主的確鑽到海裡去過，還證明唧唧少爺自從下海之後就沒有露過面。

唧唧的總管家起士也做了證人，證明叭哈的確是被人害死的，還證明唧唧少爺那天坐上專車之後，就沒有回過家。

皮皮和鱷魚小姐也都是證人，證明小林從小就不相信國王的法律。

還有一個證人，長著滿臉的綠鬍子，叫做第三四四格。那個第三四四格證明四四格和第二四四格是被許多做工的小孩子打死的。

還有那個怪物也是一個證人，證明喬喬和小林都想要推翻國王陛下的朝廷。

皮皮還宣布：

「小林和喬喬都是野孩子出身。小林出世的時候，就好像一條野狗似的，躺在一個山谷裡，後來幸虧有一位好心的紳士發現了他，才把他送到咕嚕公司去做工。小林和喬喬是沒有家的，只有一個寄父，叫做中麥——那也是一個不守規矩的窮漢，一定也犯過罪。不過中麥已經死了好些年了，就也不必追究了。」

那許多證人就都嘰裡咕嚕商量著，想盡法子要把喬喬和小林判出罪來。

「可是我們能讓他們迫害咱們自己的人麼！」那位講故事的年老工人講到這裡，就氣忿忿地說。「當然不能！我們鐵路工人都不答允。非把喬喬和小林放出來不可！非把抓去的鐵路工人都放出來不可！」

還不單是所有鐵路上的工人，就是別方面的工人也都動了起來，叫國王馬上釋放抓去的鐵路工人們。

「立刻放他們自由！」

海濱的莊稼漢也都忿忿不平，他們說道：

「那些火車司機都是為了要救我們的命，所以那天一定要給我們運糧食，現在他們為了這件事吃官司，那我們都不依！」

別地方的莊稼漢們知道了這回事，也都叫起來：

「不許害好人！立刻把所有抓去的鐵路工人都放掉！」有些教師，還有些作家和藝術家，還有些科學家，也都站出來：「釋放喬喬和小林和所有被捕的鐵路工人！不許把他們判罪！」連外國都有許多老百姓的團體提出抗議來了，打電報給紅鼻頭國王說：

「你這麼亂抓好人是可恥的。全世界的老百姓都叫你立刻釋放那些被捕的鐵路工人！」

紅鼻頭國王和包包大臣他們害怕起來：

「怎麼辦呢？」

本來還想拖延幾天再看，可是老百姓越來越憤怒了，包包大臣只好把所有抓去的鐵路工人都放出來。

皮皮對包包大臣小聲兒說：

「你看那些老百姓——多可怕！我們可沒有幾天好日子過了。」

第三四四格也嘆一口氣：

「唉，不久他們就得把我們趕下臺，不再讓我們當老闆了。」

過了一會兒，第三四四格又說：

「唉，到那時候再說吧。反正我現在——當一天老闆就得賺一天錢。」

就這樣，喬喬和小林和別的許多鐵路工人都釋放了。

那位鐵路工人大叔對那位童話作家講的，就是這麼一個故事。

臺灣版後記

為重寫中國兒童文學史做準備

眉睫（簡體版書系策畫）

二〇一〇年，欣聞俞曉群先生執掌海豚出版社。時先生力邀知交好友陳子善先生參編海豚書館系列，而我又是陳先生之門外弟子，於是陳先生將我點校整理的梅光迪講義《文學概論》（後改名《文學演講集》）納入其中，得以出版。有了這個因緣，我冒昧向俞社長提出入職工作的請求。俞社長看重我對現代文學、兒童文學研究的能力，將我招入京城，並請我負責《豐子愷全集》和中國兒童文學經典懷舊系列的出版工作。

俞曉群先生有著濃厚的人文情懷，對時下中國童書缺少版本意識，且缺少人文氣質頗不以為然。我對此表示贊成，並在他的理念基礎上深入突出兩點：一是以兒童文學作品為主，尤其是以民國老版本為底本，二是深入挖掘現有中國兒童文學史沒有提及或提到不多，但比較重要的兒童文學作品。所以這套「大家小書」，頗有一些「中國現代兒童文學史參考資料叢書」的味道。此前上海書店出版社曾以影印版的形式推出「中國現代文學史參考資料叢書」，影響巨大，為推動中國現代文學研究做了突出貢獻。兒童文學界也需要這麼一套作品集，但考慮到兒童讀物的特殊性，影印的話讀者太少，只能改為簡體橫排了。但這套書從一開始的策劃，就有為重寫中國兒童文學史做準備的想法在裡面。

為了讓這套書體現出權威性，我讓我的導師、中國第一位格林獎獲得者蔣風先生擔任主編。蔣先生對我們的做法表示相當地贊成，十分願意擔任主編，但他畢竟年事已高，不可能參與具體的工作，只能以書信的方式給我提了一些想法，我們採納了他的一些建議。書目的選擇，版本的擇定主要是由我來完成的。總序也由我草擬初稿，蔣先生稍作改動，然後就「經典懷舊」的當下意義做了闡發。可以說，我與蔣老師合寫的「總序」是這套書的綱領。

什麼是經典？「總序」說：「環顧當下圖書出版市場，能夠隨處找到這些經典名著各式各樣的新版本。遺憾的是，我們很難從中感受到當初那種閱讀經典作品時的新奇感、愉悅感、崇敬感。因為市面上的新版本，大都是美繪本、青少版、刪節版，甚至是粗糙的改寫本或編寫本。不少編輯和編者輕率地刪改了原作的字詞、標點，配上了與經典名著不甚協調的插圖。我想，真正的經典版本，從內容到形式都應該是精緻的、典雅的，書中每個角落透露出來的氣息，都要與作品內在的美感、精神、品質相一致。於是，我繼續往前回想，記憶起那些經典名著的初版本，或者其他的老版本——我的心不禁微微一震，那裡才有我需要的閱讀感覺。」在這段文字裡，蔣先生主張給少兒閱讀的童書應該是真正的經典，這是我們出版本套書系所力圖達到的。第一輯中的《稻草人》依據的是民國初版本、許敦谷插圖本的原著，這也是一九四九年以來第一次出版原版的《稻草人》。至於解放後小讀者們讀到的《稻草人》都是經過了刪改的，作品風致差異已經十分大。俞平伯的《憶》也是從文津街國家圖書館古籍館中找出一九二五年版的原著來進行重印的。我們所做的就是為了原汁原味地展現民國經典的風格、味道。

什麼是「懷舊」？蔣先生說：「懷舊，不是心靈無助的漂泊；懷舊也不是心理病態的表徵。懷舊，能夠使我們憧憬理想的價值；懷舊，可以讓我們明白追求的意義；懷舊，也促使我們理解生命的真諦。它既可讓人獲得心靈的慰藉，也能從中獲得精神力量。」一些具有懷舊價值、經典意義的著作於是浮出水面，比如孤島時期最富盛名的兒童文學大家蘇蘇（鍾望陽）的《新木偶奇遇記》；大後方為少兒出版做出極大貢獻的司馬文森的《菲菲島夢遊記》，都已經列入了書系第二批順利問世。第三批中的《小哥兒倆》（淩叔華）《橋（手稿本）》（廢名）《哈巴國》（范泉）《小朋友文藝》（謝六逸）等都是民國時期膾炙人口的大家作品，所使用的插圖也是原著插圖，是黃永玉、陳煙橋、刃鋒等著名畫家作品。

中國作家協會副主席高洪波先生也支持本書系的出版，關露的《蘋果園》就是他推薦的，後來又因丁景唐之女丁言昭的幫助而解決了版權。這些民國的老經典，因為歷史的原因淡出了讀者的視野，成為當下讀者不曾讀過的經典。然而，它們的藝術品質是高雅的，將長久地引起世人的「懷舊」。

經典懷舊的意義在哪裡？蔣先生說：「懷舊不僅是一種文化積澱，它更為我們提供了一種經過時間發酵釀造而成的文化營養。它對於認識、評價當前兒童文學創作、出版、研究提供了一份有價值的參照系統，體現了我們對它們的批判性的繼承和發揚，同時還為繁榮我國兒童文學事業提供了一個座標、方向，從而順利找到超越以往的新路。」在這裡，他指明了「經典懷舊」的當下意義。事實上，我們的本土少兒出版是日益遠離民國時期宣導的兒童本位了。相反地，上世紀二三十年代的一些精美的童書，為我們提供了一個座標。後來因為歷史的、政治的、學術的原因，我們背離了這個民國童書的傳統。因此我們正在努力，力爭推出真正的「經典懷舊」，打造出屬於我們這個時代的真正的經典！

但經典懷舊也有一些缺憾，這種缺憾一方面是識見的限制，一方面是因為審稿意見不一致。起初我們的一位做三審的領導，缺少文獻意識，按照時下的編校規範對一些字詞做了改動，違反了「總序」的綱領和出版的初衷。經過一段時間磨合以後，這套書才得以回到原有的設想道路上來。

欣聞臺灣將引入這套叢書，我想這對於臺灣人民了解大陸的兒童文學是有幫助的。林文寶先生作為臺灣版的序言作者，推薦我撰寫後記，我謹就我所知，記述於上。希望臺灣的兒童文學研究者能夠指出本書的不足，研究它們的可取之處，為重寫兩岸的中國兒童文學史做出有益的貢獻。

二〇一七年十月於北京

眉睫，原名梅杰，曾任海豚出版社策劃總監，現任長江少年兒童出版社首席編輯。主持的國家出版工程有《中國兒童文學走向世界精品書系》（中英韓文版）、《豐子愷全集》《民國兒童文學教育資料及研究》，主編《林海音兒童文學全集》《冰心兒童文學全集》《豐子愷兒童文學全集》《老舍兒童文學全集》等數百種兒童讀物。二〇一四年度榮獲「中國好編輯」稱號。著有《朗山筆記》《關於廢名》《現代文學史料探微》《文學史上的失蹤者》，編有《許君遠文存》《梅光迪文存》《綺情樓雜記》等等。

民國時期經典童書 A0801004

大林和小林

作　　者 張天翼
版權策劃 李　鋒

發 行 人 陳滿銘
總 經 理 梁錦興
總 編 輯 陳滿銘
副總編輯 張晏瑞
編 輯 所 萬卷樓圖書 (股) 公司
特約編輯 沛　貝
內頁編排 林樂娟
封面設計 小　草
印　　刷 百通科技 (股) 公司

出　　版 昌明文化有限公司
　　　　 桃園市龜山區中原街 32 號
電　　話 (02)23216565
發　　行 萬卷樓圖書 (股) 公司
　　　　 臺北市羅斯福路二段 41 號 6 樓之 3
電　　話 (02)23216565
傳　　真 (02)23218698
電　　郵 SERVICE@WANJUAN.COM.TW
大陸經銷
廈門外圖臺灣書店有限公司
電郵 JKB188@188.COM

ISBN 978-986-496-058-3
2017 年 10 月初版一刷
定價：新臺幣 280 元

如何購買本書：
1. 劃撥購書，請透過以下帳號
　帳號：15624015
　戶名：萬卷樓圖書股份有限公司
2. 轉帳購書，請透過以下帳戶
　合作金庫銀行古亭分行
　戶名：萬卷樓圖書股份有限公司
　帳號：0877717092596
3. 網路購書，請透過萬卷樓網站
　網址 WWW.WANJUAN.COM.TW
　大量購書，請直接聯繫，將有專人為您服務。(02)23216565 分機 10

如有缺頁、破損或裝訂錯誤，請寄回更換

國家圖書館出版品預行編目資料

大林和小林 / 張天翼著 . 臺北市 : 萬卷樓發行 , -- 初版 . -- 桃園市 : 昌明文化出版 ; 2017.10
　面 ;　公分 . -- (民國時期經典童書)
ISBN 978-986-496-058-3(平裝)
859.6　　　　　　106017253

本著作物經廈門墨客知識產權代理有限公司代理，由海豚出版社授權萬卷樓圖書股份有限公司出版、發行中文繁體字版版權。